悪役神子だけど皇子の寵愛ルートです

今城けい

幻冬舎ルチル文庫

CONTENTS ✦目次✦

✦カバーデザイン＝久保宏夏
✦ブックデザイン＝まるか工房

イラスト・金ひかる✦

悪役神子だけど皇子の寵愛ルートです

それはあまりにも理不尽《りふじん》な仕打ちだった。

「フロル・ラ・ノイスヴァイン。本日このときをもって、俺の側近からおまえを外す」

そう告げたのは、ディモルフォス王国のローラス王子。フロルは幼いころから付きしたがってきた自分の主《あるじ》を愕然《がくぜん》として見返すことしかできなかった。

「おまえの所業には許しがたいものがある。この宮廷から即刻立ち去れ。二度と俺に目通りが叶《かな》うとは思うなよ」

冷ややかな王子のまなざしがフロルの心を刺しつらぬく。喘《あえ》ぐ息をひとつ吐《つ》いて、かろうじて声を洩《も》らした。

「なぜ、そのような」

目の前を暗くして問いかければ、鞭《むち》打つような返しがあった。

「しらばくれるな。もうすべてわかっているのだ」

そこで切って、王子は傍らにいた相手を見やる。

ピンク色の巻き髪に、フリルとリボンで飾ったドレス。小柄だが豊かな胸と、可愛い顔が魅力の女は、すがる仕草で彼の腕に手をかけた。

「俺のリリイをおまえはさんざんいじめただろうが。これまでの冷酷非情なやり口は全部あきらかにされているぞ」

そう言われても、なんのことだか本当にわからない。

返事もできずに突っ立ったままでいたら、その様子が気に障《さわ》ったか、さらに怒声が降ってきた。

「他人事《ひとごと》みたいな顔をするな。わからなければこちらから言ってやる」

王子はこめかみをひくつかせつつ、フロルに指を突きつける。

「おまえは彼女を呼び出して、俺とは身分違いだの、礼儀がなっていないだの、着ている服がみすぼらしいだのと、さんざん悪口を言っただろうが。ばかりか彼女の私室を荒らし、はては寮の物置部屋に閉じこめることもした。リリイが聖女とわかったいま、おまえのしたことは許しがたい」

「ですが、そのような心当たりはございません。いったいどなたにお聞きになったことでしょう」

「どなただと。白々《しらじら》しい。学園のあちこちで証言する者がいたのだ。今日まで俺は何度もそれを耳にしている」

証言する者。フロルは王子から視線を外し、この場の人々を見回した。

王立学園卒業式当日、大ホールに居並ぶ彼ら彼女らはすべて貴族の子女であり、いずれは王族の臣下となる顔ぶれだ。リリイはその末端の男爵《だんしゃく》令嬢の立場だが、第二王子の寵愛を得ていれば、また別格の存在になる。

フロルが伯爵令息《はくしゃく》であったにせよ、力関係はすでに明白。この場の誰も王子から断罪された側近などをかばう人物はいないようだ。

どころか、とフロルは暗澹《あんたん》たる気分で悟る。リリイをいじめたと嘘の証言をした者もこの場にはいるわけで、ここで自分が必死になっておのれの無実を言い立てても、はたして通用するかどうか。

「わたしは十八歳のこの日まで、ローラス殿下の側近として、力を尽くしてまいりました」

届かないかもしれないが、せめてこれだけは伝えたかった。

「努力が足りない部分も多々ございましたが、それでも誠心誠意あなた様にお仕えしてまいりました。その忠誠心だけはお汲《く》み取りくださいますよう」

言って、フロルは深々と礼を取る。

しかし、王子から戻ってきたのは、癇癪《かんしゃく》交じりの罵《のの》り文句だ。

「忠誠心だと!? よくもぬけぬけと言うものだな。おまえがどれだけ俺にとって負担になったか。なにもかもに口を出し、あれもならぬこれもならぬと束縛しおって」

ローラス王子はこれまでの鬱憤《うっぷん》を晴らしたいのか、足踏みせんばかりに言い募る。

「おまえは自分がみんなから氷晶《ひょうしょう》の神子《みこ》と称されていることを知っているな。あれを世辞と思ったら大間違いだ。おまえがつねにお高くとまって、聖人君子面《づら》をしている、そうした様子を揶揄《やゆ》しての呼び名だぞ」

それはすでに知っていた。この白銀色の髪に、氷河の青を宿した眸《ひとみ》。かつ、愛想のない自分の態度が相まって、それが通り名として学園内のみならず世間に広まっていることは。

「わたしを不快と思《おぼ》し召《め》しておられるのは存じております。しかし、あれは」

「うるさい黙れ。したり顔での説教はもうたくさんだ」

ローラス王子は怒鳴り声で相手の反駁《はんばく》を消し去った。

「これ以上おまえの言い訳など聞きたくない。罪人は罪人らしくここから消え去れ」

王子が片手を挙げてすぐ、会場内に控えていた騎士たちが動き出した。

彼らは剣を抜き、こちらに駆け寄ってきて、逃げられぬように取り囲む。

防御の魔法が使えるフロルは騎士たちをこれ以上近づけなくすることはできたけれど、いまはそんな気になれなかった。されるままに彼らからの拘束を受け容れる。

「手枷《てかせ》をつけたな。それでは、こいつを連れて行け」

ローラス王子は自分の側近に屈辱的な退場を強《し》いてくる。

この方は、精一杯の努力で仕え続けた者をこうやって切り捨てるのだ。

「いいか。これはおまえの傲慢《ごうまん》ゆえだ。みずからが招いた咎《とが》をじっくりと噛《か》み締めろ」

騎士たちに腕を取られて引っ立てられていきながら、フロルは周囲の情景を見るともなく目に入れた。

側近に対する怒りを遠慮なく発散し、してやったりと言わんばかりのローラス王子。その背後で困った様子をしながらも口元はほころんでいるリリイ嬢。困惑と、嘲笑《ちょうしょう》と、わずかばかりの同情、それらの感情をあくまでも目立たぬように浅く浮かべた同級生たち。

フロルはそれらの光景を眺めつつ、自分自身が遠くなっていくのを感じた。

もうなにもない。この学園にも、宮廷にも。これまでに自分が大事にしてきたものはこなごなに壊れてしまった。

五歳のときから王子の側近として暮らしてきたあの日々も。王子にふさわしい人物であろうとして、さまざまな努力を重ねてきたことも。ぜんぶ、なにもかも無駄だった。

フロルは自分がどこにいて、なにが起こっているのかもわからなくなり、いまは慈悲にすら感じられる闇の中に意識を投じた。


そののちどのくらい経《た》ったころか。フロルは薄闇に覆われた意識の底で、ともすれば途切れがちな自身の思考を追いかける。

自分がいままでしてきたことのいったいどこが間違っていたのだろう。

記憶を探れば、やはり一番の原因は……リリイ嬢とのあれこれか。

地方出身の男爵令嬢という立場の彼女は入学当時から奔放《ほんぽう》で、貴族の子弟で構成されたあの学園では浮き気味の存在だった。

ローラス王子を筆頭に、宰相の次男や、騎士団長の嫡男など数多くの男たちに接近し、いささかやり過ぎと思われるほど親しげに振る舞っていて、周囲の人々の顰蹙《ひんしゅく》を買うことも多かったのだ。

リリイ嬢が夢中にさせた相手には婚約者のいる男が多かったので、フロルの許《もと》にその苦情が持ちこまれることもしばしばあった。

ローラス王子の側近ならば発言力があるだろう。学園の生徒たちはそのような思惑から、こうした事態をなんとかせよと懇願あるいは強要したが、聞いたフロルは当惑するだけだった。

自分ごときが王子殿下に忠告してもそのとおりになるはずがない。

実際、遠回しの忠言はローラス王子を怒らせるばかりであり、それでも周囲から突き上げを食らったフロルは、やむを得ずリリイ嬢に直接注意することにした。

――婚約者のおられる相手もいることで、今後はいささか言動に気をつけていただければと思います。

昼の休憩時間に、彼女を呼び出してそう告げる。

――学園では平等が建前ですが、その反面、ここは将来の貴族社会を映す場でもあるのです。このままではリリイ様のためにもならないと思われますが。

すると、彼女はその可愛い顔に小馬鹿にしたような笑みを浮かべた。

――お説教はそれだけなの。だったら、帰らせてもらうわね。

――リリイ様。周囲の気持ちも汲み取っていただけませんか。あなたのおこないで傷ついた人達もおられるのです。

――そんなの知ったことじゃないわ。

彼女は綺麗《きれい》なピンク色の髪を自分の手で払って告げる。

――わたしはね、みんなから愛されたいの。あのひとたちもわたしのことが大好きだって。それを止める権利なんてどこにもないわ。

――ですが、それでは通用しません。

――通用するかしないかなんて、いったい誰が決めたのよ。法律？　それともあなた自身？

リリイ嬢はこちらに足を進めると、すぐ手前からつま先立ちで迫ってくる。

――わかったわ。あなた、嫉妬《しっと》してるのね。

――嫉妬？

――そうよ。わたしがあなたを少しも好きにならないから。だから、そうやってムキになっているのでしょう？

――そんなことではありません。

――ごまかさなくてもいいわよ。あなた、これまで誰かを恋したことはある？

この質問にフロルはぐっと詰まってしまい、ややあってから苦し紛れの返しをする。

——いまはそのような話をしてはおりません。

——あら図星？　あなたって、誰とも恋愛したことないんだ。

可哀相《かわいそう》ね、と彼女が嘯《うそぶ》く。

——わたしが教えてあげてもいいわよ。あなたは堅物だけど、見た目はかなりいいものね。

わたしを愛する男のひとりにしてあげる。

王子の恋人にしなだれかかられ、一瞬で肌が粟立《あわだ》つ。強い忌避感が湧いてきて、とっさに彼女を押し返した。

——ちょっ、なにするのよ！

転びはしなかったが、後ろに数歩下がった彼女は、いまや媚《こび》をかなぐり捨てて鬼の形相でこちらを睨《にら》む。

——わたしに恥をかかせたわね。よくも……覚えてなさい！

怒り心頭の捨て台詞《ぜりふ》を残しつつ、彼女は憤然と去っていったが、いま思えばあのひと幕が自分の断罪に繫《つな》がっていったのだろう。

結果として、みんなに愛されたいリリイ嬢は、恋を知らない朴念仁《ぼくねんじん》の側近に勝利した。

そう思ったら、苦い想いが胸に広がる。

確かに自分はこれまでに誰かと恋愛したことはない。

どころか、誰かを好きだという感情すらよくわからない。

両親は、貴族社会にありがちな政略結婚で夫婦となり、表面上はお互いに礼儀正しく接していたが、ほがらかに笑い合う場面などは一度もなかった。

息子であるフロルについても、赤子のころはともかくも、五歳の折にローラス王子の側近になってからは、王子の機嫌を損ねることがないようにと注意されるばかりだった。

愛はわからない。誰かを好きだという感情も。

そんな自分がリリイ嬢に敗北し、放逐されるのは当然なのか。

絶望が静かにフロルの胸を満たし、そのあとふたたび意識が闇に塗りこめられた。


それからの時間の経過はわからなかったが、ふと気がつけば、自分は手枷をつけられたまま馬車の座席にいるようだ。飾りもなにもない質素な内装。きっとこれは護送車だろうが、周りの状況はどうなっている？

それが知りたくて外を見たいと思ったが、窓には板が嵌《は》められていて窺《うかが》い知ることはできなかった。

「もう……どこでもいいか」

宮廷からの追放は確定している。おそらくはどこかの屋敷に幽閉されでもするのだろう。あるいは修道院に入れられるのか。もしそうなれば、以後は僧侶として一生を神と教会に捧げることになるわけだ。

それもいいかもしれないとフロルは思った。生来持っている癒やしの魔法は人並よりもあるほうだ。この力を今後そうやって使えるのなら、悪くない生き方だろう。

ローラス王子の側近として尻拭《しりぬぐ》いに明け暮れた日々よりも、むしろそちらのほうがやり甲斐《がい》があるかもしれない。

そんなふうに自分を納得させたけれど、その見通しが甘かったと知らされたのはそれからまもなくのことだった。

「降りろ」

馬車が止まって、外から男の声が聞こえる。次いで馬車の扉がひらかれ、そこから鎧《よろい》を纏《まと》った腕が伸びてくる。

「……っ」

いままで腰を下ろしていた硬い木の座席から容赦なく引きずり出され、フロルは地面に膝をついた。その姿勢から今度は肩を摑《つか》まれて立たされると、有無を言わさず歩かされる。

頭上は薄暗く、周囲は丈高い樹木や茂みしか目に入らない。どうやらここは林か森の中のようだが。

「あの。ここはどこですか」

自分を護送してきたのは、御者《ぎょしゃ》を除けば騎士たちばかりだ。

もしかすると、彼らが休憩を取るために野営をする場所なのか。そう思って聞いたけれど、返ってきたのは意外な言葉だ。

「ファンガストの森だ」

「え、まさか。学園からあの森までは丸二日はかかるはずです」

「かかったさ。おまえが呑気《のんき》に眠り続けているあいだにな」

図太いことだと呆《あき》れたが、面倒がかからなくて助かった。騎士のひとりがそう吐き捨てると、摑んだ肩をぐいと引く。

「あっ」

抵抗する暇もなくフロルは姿勢を変えさせられた。そうして手荒く縄をかけられ、立木を背にした格好でそこに括《くく》りつけられる。

「な、なにをするつもりです」

愕然とするフロルの前で、年嵩《としかさ》の騎士が告げる。

「なにもしないさ。少なくとも俺たちはな」

淡々と言ってから、背中を向ける。ほかの騎士たちもそれに倣《なら》って踵《きびす》を返した。

「待ってください。いったいなにを」

「説明などない。俺たちは殿下のご下命に従うだけだ」

その言葉を残して彼らは元来た方向に去っていく。

まもなくフロルはこれがどういうことなのか理解せざるを得なかった。

ローラス王子は自分を殺すつもりでいる。

この地は魔獣がはびこっている魔の森だ。いつとも知れぬ昔から、ファンガストの森の奥には深い穴が空いていて、そこから噴き出す瘴気《しょうき》が森の動物たちを魔獣に変える。そして、魔獣の多くは森に入りこんできた人間と遭遇すると、躊躇《ちゅうちょ》なく襲いかかる。

そんな場所に縛られた状態で放置されればどうなるか。それをわかっていて、ローラス王子は命じたのだ。

どこかに幽閉でもなく、修道院に閉じこめてしまうでもなく、魔の森で魔獣に食われて死んでしまえと。

これが……自分の末路なのか。

なにもかもが虚《むな》しくてしかたない。いままでの人生はすべて無駄に終わってしまった。

長年仕えてきた第二王子は、リリイ嬢をいじめたなどとありもしないでっちあげを疑わずに信じこみ、ばかりか自身の側近を殺してしまおうと思っている。

それほどまでに彼女への愛が深かったということか。

これがあの方の思し召しなら自分はもう死ぬしかない。王子の側近としてのおのれはすでに死んだのだから。

　誰も愛さず、誰にも愛されずに、ここで独りぼっちのまま……。

　フロルの意識がふたたび闇に包まれはじめ、一度完全に閉ざされたとき、ふっとその奥のほうから誰かの声が聞こえてきた。

（えと。ローラス王子に、リリイ嬢。それから氷晶の神子だっけ。なんだか聞いたことがあるなあ）

　何者だと考えて、ああそうだと腑《ふ》に落ちる。自分じゃないか。これは自身の思考以外のものではない。でも……。

（自分とは、誰だっけ）

　思って、すぐに打ち消した。なにを馬鹿な。自分は自分だ。フロル・ラ・ノイスヴァイン。

（でも、それってゲームの登場人物の名前だろう）

　え……ゲーム？　登場人物？

（僕が過去にやっていたゲームだよ。姉さんの代わりにやらされてた乙女ゲーム。スチルもシナリオもおぼえてるだろ。だって、きみは僕なんだから）

　直後に頭が割れんばかりの痛みを発した。木に縛られたフロルは身動きができない状態で顔を歪《ゆが》める。

　膨大な思考と音声と映像の記憶が怒濤《どとう》のように注ぎこまれて、そのすべては受け止めかねた。呻《うめ》きを洩らしつつ、かろうじて悟ったのは、これは前世の思い出だということだ。

自分はかつて西代湊《にしだいみなと》という日本人男性だった。そして、記憶の終わりごろには営業職の会社員として暮らしていた。

学生時代は平凡な毎日だった湊の自分は、しかし社会人になってからは会社の仕事に猛烈に追いまくられ、どれだけはたらいても担当する業務には終わりがなかった。ついには十一連勤のあげく、電車のホームで立ちくらみを起こしてしまい……そこから先の映像はぷっつりと切れているから、きっと線路に転落して死んでしまったのだろう。

「待って……待ってくれ」

いきなり自分の前世だなんて、そんな話にはついていけない。混乱しきって呻くフロルは、しかしその動揺が収まる前に、次の脅威に晒《さら》される。

森の茂みを掻《か》き分けてぬっと姿を現したのは、イノシシに似ているがそれより牙《きば》も図体も遥《はる》かに大きい獣だった。

「魔獣……！」

フロルはその存在をすでによく知っていた。ローラス王子が魔獣討伐に赴く折には、かならず自身の側近を同行させていたからだ。

魔獣は凶暴で、訓練された騎士たちでもそうたやすくは倒せない。フロルは剣技にかけては並以下だったが、氷晶の神子と呼ばれた自分にしかできない技を持っている。

それを使えば、おそらく命は助かるだろう。けれども、みずからの危機を前に、なおも迷う気持ちが消せないでいる。

いまここで生き延びてなんになる？　たとえ命を拾っても、もはや自分は帰る場所さえ持っていない。

こんな……誰からも愛されない人間が生きていて、よろこぶひとがどこにいるのか。

フロルは視線を地面に落とした。

痛いのも苦しいのも短いあいだだ。死ねと言われたも同然だから、おとなしく死ねばいい。

目を閉ざし、すべてをあきらめて投げ出そうとしたときだった。

（嫌だ）

突如その声が脳裏に響いた。

（死にたくない。ホームでのあのときも。いまもやっぱり死にたくない）

とっさにフロルは下げていた頭を戻した。そうして縛られた体勢のできる限りで手枷のついた両腕を前に突き出す。それから魔力を自分の体内にめぐらせると、それを手のひらに集めて放った。

手の先から発した光は弓から放たれた矢よりも速く飛んでいき、狙い過《あやま》たず魔獣に当たる。

と、そこで四散した光の玉は獣全体を包みこみ、ややあってそれが消えるとそこにはなんの変哲もないイノシシの姿があった。

魔獣からただの獣に戻されたそのイノシシはしばし茫然《ぼうぜん》としていたが、まもなく左右を見回すと藪《やぶ》の中に姿を消した。

当面の危険が去り、ふたたび独りになったフロルは、つかの間イノシシが去った方角を見ていたが、知らずぽつりと言葉が洩れる。

「生きてる……」

まずはほっとする気持ちが湧いて、そう思う自分自身に戸惑った。

ついさっきまでは、生きることをあきらめていたというのに。

「いったい……いまのわたしはどっちなんだ。湊、それともフロルのほう？」

思わず独りごちてから、自分の意識を探ったけれど、どちらかは不明だった。

西代湊の記憶もあるし、フロルとしての知識も、経験も、魔力も消えてはいないから。

「だけど、そのフロルは……乙女ゲームのキャラクター？　しかも、悪役神子だって？」

湊のほうの知識によれば、氷晶の神子とはヒロインをいじめまくる役どころ。その悪行が王子にバレて宮廷を追い出される。

実際にはリリイ嬢をいじめたおぼえはないのだけれど、起きたことだけを見てみれば、そのとおりになっていた。

だったらこの先のシナリオは……と、それに関する湊の記憶を探ってみたが、悪役神子の断罪後はストーリーの流れにはないようだ。

しかもこのゲームそのものについても、湊は姉がスチル集めをするための代理でしかなく、シナリオの一部のみをやっていただけなので中途半端な知識しか持っていない。

乙女ゲームなら攻略対象ごとのルートがあるはずなのだが、そちらへの分岐も、さらには相手との恋愛の顚末《てんまつ》も、よくわかっていなかった。

湊が姉から聞いて大まかに知っているのは、どのルートでもヒロインであるリリイ嬢が聖女の力に目覚め、攻略対象と結ばれればハッピーエンド。

つまり、断罪イベントが済んだフロルは、すでにシナリオの枠外だ。

「お役御免《やくごめん》で放り出されて……これから先はどうしよう」

途方に暮れる気分だけれど、ひとつだけははっきりしていた。

このまま孤独に死にたくない。誰も愛さず、誰にも愛されず……そう思ったときの空虚な気持ちは耐えがたいものだった。

だったら、とりあえず生きていたいと思う気持ちを優先させよう。その先はこれからゆっくり考えていけばいい。

そう決めて、まずは自分にかけられていた縄と手枷を魔法で解いた。

それでいちおう身体的には自由になって、さてその次の段階で今後の身の振りかたに困ってしまう。

ローラス王子から断罪をくらった身では、おそらく両親の庇護は受けられないだろう。頼れる親戚も友人も思いつかず、自分がこの世界でどれほど孤立していたのかをあらためて実感しただけだった。

「しかたない、か」

ふたたび王都に戻ったところで、無事に生き延びるすべは見つからないようだ。

地面に落ちている縄と手枷をまたぎ越すと、フロルは周囲を見回した。

ファンガストの森はディモルフォス王国と、その隣国であるウィステリア皇国両方にまたがっている。いまの自分は他国に行って暮らすほかに手立てはない。

それならば……そちらに行こう。まずはこの森を抜けるまで。

決意とともに自国とは逆方向に足を踏み出し、おもむろに森の中を歩きはじめる。

やがて周囲が暗くなっても、魔法の火球で足元を照らしながら進み続けた。フロルは闇を恐れなかったし、加護の魔法と目くらましの魔法とを重ねておけば、魔獣の脅威も無にひとしい。眠気もいまは感じなかった。夜の中を休まずに歩いていって、いつしか朝が訪れる。

「あともう少し」

一晩中ぶっ続けに歩いたお陰で、いよいよ森の端のほうまでたどり着けたようだった。密に伸びた木々の梢《こずえ》もしだいにまばらになってきて、その隙間から朝の陽光がこぼれて落ちる。

ようやく……この森から出られそうだ。フロルがそう思った直後、いくばくかの距離を開けて剣呑《けんのん》な気配を感じた。

どうやらこの森の魔獣たちが荒ぶっているようだ。と、思ったとたんに目くらましの魔法が解けた。

「……っ」

間が悪いがしかたない。癒やしの力や防御系のそれにくらべて、自分が身につけたほかの魔法は並程度。加護の魔法はともかくも、目くらましは長々とは続けられない。

もう一度かけ直すかと考えたとき、魔獣の大きな唸《うな》り声があたりに響いた。あの声から察するに獰猛《どうもう》さも巨大さもひときわだ。

誰かが襲われているのならほうっておけない。フロルは躊躇なくそちらに駆け出し、まもなく目指した場所に迫ると、そこで繰り広げられている光景を目に入れる。

「これは……」

フロルには見慣れない鎧を着けた騎士たちが魔獣の群れと闘《たたか》っている。そのうちのいちばん大きな獣がひとりの騎士に襲いかかったところだった。

「あぶない！」

とっさに魔力を自分の身の内にめぐらせて、伸ばした手の先からそれを放った。と、狙いはたがわず巨大な熊に似た格好の魔獣の横腹にぶち当たる。

するとその直後に、魔獣の身体《からだ》はどんどん縮み、みるみるうちに元の姿に戻っていく。

剣を構えたその騎士は一瞬固まっていたあとで、光の束が来た方向に自分の首をめぐらせた。騎士は兜《かぶと》をかぶっていなかったので、彼が黒髪であることと紫色の眸をしているのが見て取れる。

「……あ」

まずい……！　いまの自分は相手からもろに見える。

すぐさま茂みの手前のところにしゃがみこみ、ふたたび姿が見えなくなる魔法をかける。

それからそうっとそこから顔を出してみれば、騎士はもう別の魔獣と闘っているところだ。

魔障が解けた熊のほうはすでに逃げ出してしまったのか、その場にはいなかった。

ともあれここは退却がもっとも賢い。フロルは足音を忍ばせてそこから急いで去ろうとして、けれどもなんとなく後ろ髪を引かれる気持ちで彼のいるほうに目をやった。

刹那《せつな》、ドキッと心臓が跳ねあがる。

「え、っ」

黒髪に紫色の眸の騎士はこちらに視線を投げている。

まさか、と思った瞬間。巨大な犬に似た魔獣が彼に襲いかかった。

「駄目っ……！」

男はよそ見をしていたせいで、瞬時の反応が遅れたようだ。

魔獣はその鋭い牙で彼の喉元に食らいつく寸前だった。なにを考える余裕もなく、フロルは大きく手を振りあげる。そうして、より強く、かつ広い範囲に魔障を祓《はら》う癒やしの魔力を撃ち放った。

「う、わあ……っ!?」

「な、なんだっ」

まぶしい光に全身を包まれて、騎士たちが驚愕《きょうがく》の叫びをあげる。その隙に大急ぎでその場から逃れ去った。

できるだけあの男から遠いところへ。

理由はわからないけれど、猛烈な焦燥感に駆られたフロルは一刻も速く遠くと自分の足を急がせた。


そうしてフロルは魔獣と騎士たちとが闘う場所から大急ぎで逃げ出して、そのあとも足を止めずに木々の中を数時間ほど歩き続けた。

すでに疲れと空腹でふらふらしていたけれど、ここで倒れるわけにはいかない。追っ手がないのを確認してから、いったんそこで立ち止まり、自分自身の見た目を変えた。

白銀色の髪はぼやけた感じの茶色に、冴《さ》えた色味の青い眸はこれまたくすんだ茶系のものに。顔の造作そのものは変えられないが、他人にはあいまいな印象しか残らないようにする。

この姿変えの魔法は防御系のそれにくらべれば格段に力が劣り、朝にかければ晩には消える程度のものだ。解ければその都度《つど》魔法をかけ直す以外にないが、そこはバレないようにうまくやるほかないだろう。

着のみ着のままで他国に入り、これからどうして生きていこうか。大きな不安もあったけれど、おなじくらいに解放感もおぼえている。

ゲームの中で起こるはずの断罪イベントは終わったし、この先に自分が関わるシナリオはない。

すでに王国での立場も身分もなくしたけれど、魔法はまだ使えるし、なによりこうして生きている。これからはおのれの意思で行き先を決められるのだ。

ふらつく足に力をこめてフロルは森の端から出ると、その先に見えている道までなんとかたどり着いた。

道があるからには、人なり馬車なりが通るはず。もしも誰も来なくても自分の足を動かせば、いずれは人の住む場所までは行き着ける。そう算段して白昼の道をとぼとぼ歩いていたら、運のいいことにまもなく荷馬車がこちらに向かってくるのが見えた。

「あの、すみません。少しばかりお時間をいただけますか」

御者台に聞こえるようにと声を張る。すると、農民だろうか朴訥《ぼくとつ》そうな中年男が馬の手綱《たづな》を引きながら言ってきた。

「まんず、なんの用かねえ。このあたりじゃ、とんと見かけねえ顔だがのう」

男は訝《いぶか》しく眉をひそめる。あやしまれてはまずいので、思いつきの身の上を口にした。

「わた……ではなくて、僕は旅の、えっと、治癒師《ちゆし》です」

これは完全に嘘ではない。いちおう癒やし手として病や怪我《けが》の治療もできるし、回復薬を作ることもできるから。

「ほう、治癒師かね」

「はい。ですが、その。旅の途中で盗賊に襲われて、持ち物を全部なくしてしまったんです」

彼は気の良い性格なのか、こちらの苦しい説明を信じてくれた。

「そりゃあなんとも気の毒なこったなあ」

それから首を斜めに傾け「ああそうだ。おまえさんが治癒師というなら、この先の村長を訪ねてみなせえ」と告げてくる。

「あそこん家の娘《ち》っ子が病に罹《かか》っとるちゅうてのう、薬師《くすし》を呼んだがはかばかしくねえそうだ」

「ではお手数ですが、僕をそこまで連れていってくれませんか」

「ええともさ。荷台のほうに乗りなせえ」

「ありがとうございます。僕は」

名乗ろうとして警戒心がそれをとどめ、一拍置いて別の名前を口にする。

「その。ミナトと言います」

前世の自分は西代湊。それが記憶にあったせいか、その名がするっとこぼれ出た。

「へえ。なにやら聞き慣れない名前だのう」

「あ……祖父がここからはずっと遠い国の出身だったので」

これもまた苦しい言い訳だったけれど、さいわいにも彼はこちらの名前にはそれ以上興味を持たず、ふたたび荷馬車を走らせはじめる。

青菜や芋《いも》の入っている籠《かご》の横に座りこんで、フロルはこの先を考えた。

村長の娘を治し、治癒師として当面はその村にいるのもいい。ほかに怪我人や病人がいるのなら、自分が役立てる場面もきっとあるはずだ。

そう思えば、少し明るい気分になって、がたつく馬車に揺られていると、

「おうい。あの村だ」

男が声をかけてきて、膝立ちで視線をめぐらす。

「あそこの赤い屋根」

「ああ。あれですね」

言ってまもなく馬車が止まり、礼を告げてそこから降りる。

「ありがとうございました」

「村でいちばん大きい家だけえ、すぐわかる」

「はい」

会釈をして親切な男と別れ、教えられた場所に向かって歩きはじめる。

村長の娘の具合はどうなのだろうか。そう思ったら、自然と速度が増してきて、いつしか小走りでその家を目指していた。


そうしてフロルは村人たちの病や怪我の手当てをし、代わりに住むところと食べるものをもらう生活をスタートさせた。

治癒師の暮らしは初めてだったが、村人たちは親切だったし、頼まれて治療をすれば感謝される。ほどなくこの生活にも慣れてきて、順調に毎日を過ごしていたが、やはり追っ手が気にかかる。

自分はローラス王子から殺されかけた身なのだし、その王子がふたたび部下をファンガストの森にやり、そこに死体がないことを確認したら。乙女ゲームのシナリオをいまは離れていると言っても、それをあてにしすぎるのは危険だろう。

それに、魔の森で遭遇したあの男はあれからどうしているのだろうか。

この村で暮らしはじめて一カ月後、どうにも落ち着かないままに日々を送っていくよりもと、やはり最初の思惑どおり村を出ることにした。

「いままでありがとうございました。これまで僕が無事に暮らしてこられたのも、村長さんをはじめとする皆さんのお陰です」

「いやいや。礼を言うのはこっちだで。気をつけて行きなせえよ」

「はい。紹介状までくださって、本当に助かりました」

流れの治癒師になる気でいたので、行く先はとくに定めていなかったのだが、娘の病を治してもらった村長が恩に着て、フロルに紹介状をしたためてくれたのだ。

推薦先は皇都オルバーンにある施療院で、聞けばそこは下町ながらも治安は結構いい場所らしい。皇都の、しかも町中ならば人の出入りは多いだろうし、自分がその場所に流れていってても目立たないに違いない。

フロルはありがたく村長の厚意を受けることにして、紹介状を彼にもらった翌日には皇都へ向けて出立した。

乗合馬車の来る街道までは野菜を積んだ荷馬車に同乗させてもらい、そこからさらに馬車を二度乗り継いで皇都に入る。途中の宿で一泊したのち皇都の門をくぐったフロルは、紹介状のお陰もあって、施療院での働き口を無事に得ることができたのだった。

この施療院でのおもな仕事は病人や怪我人の治療、それから回復薬を作ること。これは以前の村でしていたのとおなじであり、早々に要領をおぼえてしまった。

皇都オルバーンに移り住んで、すでに二カ月。いまのところディモルフォス王国からの追っ手はない。

「では、これを兵舎に届けてまいります」

「ああ頼む」

木箱を抱えるフロルにうなずいてみせたのは、施療院の治癒師であり、かつこの院のまとめ役に当たる男だ。彼は老齢だが、とても元気で、大らかで人当たりがいい。

ザナンというこの老治癒師は、こちらが下町の暮らしに不慣れとわかってからは、いろいろな事柄を丁寧に教えてくれる。

ディモルフォス王国の宮廷で、王子の側近として気を張り詰めていたフロルにとって、ここでの生活は新鮮だった。

噂話《うわさばなし》や陰口に負けまいとして、超然とした振る舞いを心がける必要はない。失敗するなど許されず、つねに完璧《かんぺき》を心がけ、それでも王子から叱責される苦しさもおぼえない。自分がきちんとはたらけば、周囲の人々はその結果をみとめてくれ、ねぎらいもしてくれる。

前世の湊もブラック企業に勤めていたから、労働のよろこびを感じる機会はほとんどなかった。それがこの場所に住むようになり、ようやく仕事に対するやり甲斐を得られるようになったのだ。

ここに来られて本当によかった。フロルは自分の運の良さに感謝しつつ院の玄関を出ていくと、木箱を持って目的の場所へと向かう。

もちろんローラス王子のこと、また過日に魔の森で遭遇した騎士の存在を忘れてはいないけれど、あれからすでに三カ月が過ぎて、自分の身のまわりが落ち着いてくるにつれ緊張感が減っているのは否めない。

だから、きっとそのせいでこれほどの接近を易々《やすやす》と許してしまったのだろう。

「やあ。こんにちは」

ふいに斜め後ろから声をかけられ、フロルの身体がびくっと震える。身構えつつ振り向けば、若い男がすぐ近くからこちらを見ていた。

なぜ、あの男がここに……⁉

まさかと思いたいところだが、目の錯覚ではないようだ。黒髪のこの男は自分が魔の森で助けた騎士だ。

「あっ、その」

なんと言っていいかわからず、冷や汗が額《ひたい》に浮かぶ。

「荷物がちょっと重そうだね。よかったら、俺が持とうか」

さらに話しかけられて、目眩《めまい》がするほど追い詰められた気分になった。

落ち着け、とフロルは自分に言い聞かせる。彼がまだどういうつもりかわかっていない。

側近時代につちかった冷静さを取り戻せ。相手の思惑を見極めて、この場を切り抜ける方法を探るのだ。

「せ、せっかくですが」

平民らしく見えるよう、努めておどおどとした表情をつくろった。

「騎士様に荷物をお持たせできるような身分ではありませんので」

「気にしないで」

断ったのに、にこやかに手を差し出され、フロルは思わず後ずさる。

「いえ本当に。すみませんが、先を急いでいますから」

口早に黒髪の男に告げると、回れ右して小走りで駆け出した。

ひょっとしたら大慌てで逃げ出したのはまずかったかもしれないが、立派な身分の方を前に萎縮《いしゅく》したと取れなくもないだろう。

頼むからそう思っていてくれ。フロルはそれを念じながら、水薬の瓶が入った木箱の中身がカチャカチャいうのもかまわずに自分の足を急がせた。


あの騎士と遭遇したのは偶然だった。彼はなにかの気まぐれでたまたま声をかけただけ。

そう思いたいフロルだったが、あいにくそうはならなかったようである。いつものように兵舎に水薬を配達して施療院に戻ってきたら、なんだか院内がざわついている。

「どうしたんです?」

モップを手にした中年女に聞いてみれば、立て板に水とばかりに答えてくれる。

「それがですねえ、ミナトさん。すごいお方が来られまして。どんなふうにすごいのかは、うまく言えませんですけどね。とにかく素敵なお方だとしか。もちろん見た目は素晴らしいです。お顔立ちがそれはもうととのっていて。それに、あの眸。あれはほんとに飛び抜けて高価な宝石かなにかみたいで。いえっ。じろじろ見はしませんでしたよ。なんたってあたしとはご身分が違いますしね。なのに騎士様のほうからこちらにちらりと目線をくれて。なんとあたしに笑いかけてくださったんです。ええ、わかってますよ。ただのお愛想なんだって。だけどあたしに、しがない下働きのこのあたしに、貴婦人にするみたいに笑いかけてくださるなんて。あたしゃもうこれだけでも生きててよかったとつくづく思いましたです」

「あ……はい」

としか言いようがない。それに、ものすごく嫌な予感が生じていた。

騎士であり、かつその賞賛に当てはまる人物は、いまのところひとりしか自分は知らない。

「黒髪でした?」

「ええ」

「紫色の眸を」

そこまで言ったとき足音が聞こえてきた。それと同時に男の声も。

「やあ。配達から帰ってきたね」

予感的中。フロルは頬を強張《こわば》らせつつ、そうっと背後を見返った。

「お疲れさま。はい、どうぞ」

彼女の言っていた騎士様がこちらに花束を差し出してくる。

白い花は綺麗だが、そんなものをもらういわれはまったくない。空の木箱も持っているし、ひたすらその場に立ちすくんだ。

「俺からの贈り物だよ」

薄い反応だと思ったのか、頬に苦笑をたたえつつ彼が言う。さらに意味がわからなくて、しばし頭を絞った末に問いかけた。

「その花で院内を少しは綺麗に見せろということでしょうか」

施療院の清掃は行き届いていると思うが、なにぶんやりくりが大変で、院内の美化まではできていない。それを指摘されたのかと腑に落ちて返事した。しかし、相手は違うと言う。

「そうじゃなくて。きみ個人への」

「僕に、ですか」

なんのことだかさっぱりだった。それがうっかり表情に出ていたのか、彼は困った顔をして清掃係の女を見やる。

「あっ、ミナトさん。木箱はあたしが預かりますよ」

まるで合図されたかのようにして、フロルが持っていた木箱を彼女が奪い取る。そうして、ほらほらと肘《ひじ》で小突かれ、いきおいに押される格好で手を出した。

「その。施療院へのお気遣い、ありがとうございます」

ただの治癒師に花束など意味不明すぎるので、そういうことにしておきたい。助かることに彼はこれ以上無理押しせずにうなずいた。

「どういたしまして。それじゃあ俺は今日のところは失礼するよ」

そうして腕を伸ばしてくるから、今度もまたやむを得ず出された彼の手に手を添えた。

「これを機会にお近づきにならせてもらえればありがたい」

相手の意図は読めないが、ものすごく強引にこちらに接近するぞという意思は感じる。

フロルが本気で戸惑っているうちに、彼は一瞬だけこちらの手を強く握り、それから微笑《ほほえ》みつつ握手を解いた。

「きみと話せてよかったよ。やはりきみは俺の思ったとおりのひとだ」

なんのことかと思わず眉をひそめたが、彼はそれには答えないまま一歩下がると踵を返した。

まるで狐《きつね》につままれたみたいな気分だ。

フロルはその心情を共有するべく木箱を持った女に視線を向けたけれど、彼女のほうはうっとりした顔をして立ち去っていく騎士の背中を見つめているばかりだった。

「おはよう。今朝はいい天気だね」

聞き慣れた声が耳に入ってきて、フロルは肩を震わせる。

「……おはようございます」

彼と会話を交わすのはこれでもう何度目か。

騎士の軽装にマントを着けたこのひとは、すごく端正な容貌《ようぼう》の持ち主だ。年齢は十八歳の自分よりも上に見えるし、きっと二十代の半ばくらいではないだろうか。

少し癖のある黒髪で、身体つきはすらりとしていて、所作はなめらかで品がある。

そんな彼が下町を歩いていると目立つのは当然で、いまも道を通りかかった人々が思わずといったふうに視線を注いでくるのがわかる。

「騎士団の兵舎にお使い？　今日もお届けご苦労さまだね」

とっさに下を向くこちらにはかまわずに、すぐ横に来て一緒に歩く。

「そんなにうつむいて。なにか気になることでもあるの」

いまの自分が気にしているのは、こうして彼が親しげに話しかけてくることだ。

「あの。申し訳ないのですが、少しばかり急いでいるので、ここで失礼いたします」

控えめにだが同行はご遠慮くださいと伝えてみたが、相手はいっこうに離れてくれない。

「急ぐんだったら、俺がそれを持ってあげるよ」

「あ。いえ」

湿布薬の入った籠を取られないよう、急いで荷物を抱え直す。

「軽いものですから、大丈夫でございます」

ここのところ、騎士団の兵舎から薬の依頼がほぼ毎日入ってくるので、フロルがお使いに行く回数が増えていた。そして、そのたびに黒髪の騎士様がちょっかいをかけてくるのだ。

このぶんでは、またしても兵舎まで一緒だろうか。

歩調を合わせて隣を歩く男のほうを窺えば、ちょうど相手もこちらに顔を向けたところで、もろに視線がぶつかった。

「ん、なんだい？」

なんのつもりか様子を見ていたとも言いかねて、苦し紛れの思いつきを口にする。

「ええと……施療院へのご寄付、いつもありがとうございます」

「ああ。そのこと」

言って、彼がにっこり笑う。

「たいしたものじゃないからね。きみがわざわざ礼を言うようなことでもないよ」

彼がしてくれた寄付というのは、施療院が使っているベッドの敷布や患者に着せる寝衣などだ。

この男はこうして町中で声をかけるだけではなく、手土産《てみやげ》をたずさえて施療院にまで頻繁に会いに来る。

――大変申しあげにくいのですが、いまは仕事の最中ですので。

あまりに回数が多いので、さすがに諫《いさ》める言葉が出たが、彼は平気な様子だった。

――そうだね、すまない。これだけ受け取ってもらえたら帰るから。

言葉とは裏腹に悪びれもせず言いながら、持ってきた花や菓子のたぐいを差し出す。

そんな彼への対応に困り果てる姿を眺めて、老治癒師のザナンはもらっておいたらと面白そうに言うけれど、意図の読めない贈り物はありがたいと思えない。

悩んだ末にようやく妙案を思いついて、彼にこう告げたのだった。

――恐れながら申しあげます。僕は花や菓子よりも欲しいものがあるのですが。

――へえ。いったいなにが欲しいんだい？

――施療院に必要な物資をくだされば助かります。

そう言うと、彼はひょいと両眉をあげてから、口元をほころばせた。

――なるほど、わかった。実用的なものが好きならそうするさ。

――え。いえ、あの。

本当に彼から資材を恵んでもらおうと思っていたわけではない。厚かましく寄付を要求されたなら、彼が呆れて引き下がるかと考えたのだ。なのに、彼はザナンと話をしたあとで、その日の午後には施療院で使える布類を差し入れてくれたのだった。

「こちらからねだるようなことを言ってすみません。でも、本当に助かっていますから」

そう告げると、彼はとびきり綺麗な笑顔をこちらに向けた。

「きみがよろこんでくれたならうれしいよ。むしろもっと積極的にねだってほしいくらいのものだ」

甘い笑みと、彼のその声の響きがあれば、たとえ宮廷の貴婦人でも陶然とさせられるに違いない。実際、いまも彼を目にした女性たちが道の上で棒立ちになっている。しかしフロルは惚《ほ》れ惚《ぼ》れとするよりも違和感を胸におぼえた。

こういうのはそれこそ麗《うるわ》しいご婦人方に捧げるようなものではないか。ぱっとしない髪と眸の、しかも平民の男に向けるものではない。

フロルは目を伏せがちに「では、これで」と逃げるように足を踏み出す。

十歩ほど行ったところで振り返って見てみれば、細道に入ったのか彼の姿は通りから消えていた。

「……悪いひとではないんだけれど」

悪いどころか、彼は基本良いことしかしていない。

たとえば彼が一緒であれば兵舎への行き帰りは護衛つきとおなじであり、少々治安の悪い場所を歩いていても誰からも絡《から》まれない。施療院に持ってくる花と菓子の手土産は閉口したが、それらは院内の女たちに譲ったらものすごくよろこばれた。フロルが寄付をと言ったのちは、定期的に資材の援助もしてくれる。

ようするに、傍《はた》から見ればこちらの機嫌を取ってくれている状態だった。

だけど本当に……彼の意図がわからない。そんなことをしてもらういわれがないのだ。

もしかして、自分の正体がばれていて、魔の森で助けた恩返しをしようとしている？

ディモルフォス王国では、魔法が使えるのは治癒師や魔術士などの一部を除いて貴族だけだ。そして、ウィステリア皇国でもそれはおなじ。ならば、騎士階級であるあの男も当然魔法は会得している。もしも彼がかなり上位の魔法使いで、姿変えのフロルの魔法を見破っていたとしたら？

その可能性は皆無ではなく、けれども疑問が残ってしまう。

だったら、なぜそのことをこちらにはっきり言わないのだろう。

あるいはわざと泳がせて、猫がネズミをなぶるような気持ちでいるのか。

「だけど」

知らず唇が反駁の言葉を紡《つむ》ぐ。

あのひとからはそうした陰険な気配はしない。

これでも長いあいだ宮廷の陰湿さに晒され続けてきたわけで、そういう感覚には長《た》けているのだ。

あのひとは悪人ではない。どころかとても魅力がある。院内の女たちはもちろん、ザナンでさえもあの男が施療院に顔を見せるとうれしそうな様子になる。

そんな彼によくしてもらって……けれども理由がわからない。心当たりは魔獣の件くらいだが、いまの自分は彼にそれをぶつける気にはならないでいる。

もしも危惧したとおりに身バレをしているのなら、フロルは皇都を出ていくしかなくなるだろう。だけど、それは……彼からなにかそのことで匂《にお》わせがあったときでも。

問題をできるだけ先送りしておきたい、自分は愚かで臆病だ。そのことがわかっていて、しかしいまの生活を手放したくはないのだった。


そうしたフロルの恐れをよそに、その後の数日間はなにごともなく過ぎていった。

いまのところ、あの騎士様からの匂わせは特にない。

大丈夫……なのだろうか。自分が心配し過ぎなだけで、身バレもなにもしていない？

楽観視してしまうのは危険だと思うけれど、気を揉《も》み続けていたってどうしようもないことだ。

いっそ、なるようになれとひらきなおるのがいいのだろうか。

フロルは心中に不安を抱えて、それでも表面的にはおだやかに治癒師としての毎日を送っていたときだった。

「今日はきみにひとつお願いがあるんだけど」

本日も施療院に現れた麗しの騎士様がにこやかに近づいてくる。しかし、その微笑にもかかわらず、ひそかに身構える気持ちになった。

「そんなに警戒しなくても」

表情や態度にまでは自分の感情を出してはいないつもりだったが、この男はするどい察知能力を見せてくる。穏便に済ませたいので、できる限りに愛想のいい顔を作ってみせる。

「はい。お頼みとはなんでしょう」

「なに、簡単なことなんだけど」

そう前置きして彼は言う。

「食事につきあってもらいたいんだ」

「あなた様と食事ですか」

「そう。ザナン殿には許可を取った。きみは毎日働き詰めだし、たまの気晴らしは必要だと言っていたよ」

つまり、前もって外堀は埋めてあるというわけだ。内心では猛烈にがっくりしつつ、表向きには「はい」と言うしかすべはない。

「ありがとう。承知してくれてうれしいよ」

この微笑みの騎士様はよろこびの表情も麗しい。しかしこちらの身とすれば、なんで自分を誘ってくるのか恨めしいばかりである。

このひとだったら、どんな女でもふたつ返事で食事の席に着きそうなのだが。

それとも……と考えて、にわかに胸が重苦しくなるのを感じた。いよいよ直接探りを入れにきたのだろうか。

フロルが思わず靴先に視線を落とすと、こちらの心情とは裏腹に弾む響きの声がかかった。

「それでは、いまから出かけようか」

聞いて、フロルは目を丸くする。

それは早い。早すぎる。明日にでもと言ってくれれば、今夜のうちに逃げ出せるのに。

「でも、いまはまだ夕方です。それに僕は仕事が残っていますので」

「だったら、ここで待たせてもらうよ」

「その。僕は外食ができるほどお金を持っていないんです」

「奢《おご》るよ」

「いえそんな。それに騎士様と食事に行ける身分ではありませんから」

「かまわないよ。そんなに気の張る場所じゃないから」

いったん承知しておいての辞退だったが、そのための言い訳はことごとく退けられる。

いっそのこと、彼をこの場で突き飛ばして逃げようか。追い詰められて衝動的にそう思い、そのあと彼が帯びている剣を見てあきらめた。

以前に魔の森で彼が見せた剣の技量はローラス王子を優にしのぐ。自分は加護や防御の魔法には長けているが、相手を物理で撃退する技は持たない。

「……それでは仕事を先に済ませてきますから」

今夜彼と出かけていって、どうか無事に帰ってこられますように。

祈るようにそう念じつつ、フロルは重い足取りで院の奥へと向かっていった。


黒髪の騎士様と一緒の食事。彼はどこに自分を連れて行くつもりなのか。推測するに、きっと小洒落《こじゃれ》た料理屋かなにかではないだろうか。

場合によっては逃げ出す必要もあることで、できるだけ出口か窓が近くにあって、個室でないほうがありがたい。

そんなふうに考えながら、彼と一緒の馬車に乗る。

フロルはこの騎士様と出かけるにあたって、持っている衣服のうちではいちばんこざっぱりしたものを選んでいた。氷晶の神子時代とは違って、洗濯済みながら質素なシャツと胴着とズボン。そしてその上に施療院から支給されたマントを纏う。

馬車の中ではとくに会話もないままに向かい合って座っているが、じつのところは気が気でない心持ちだ。

彼はなにを知っていて、どんなことを言うつもりか。それも心配だし、長い時間を彼といるのもなんとなく落ち着かない。

いざというときのために窓から外を何回も眺めていたら、ふいに彼が吹き出した。

「そんなにびくびくしなくても。取って食いはしないからね」

それでも安心はできなくて「そうですか」と下手な感じで応じたら、彼が正面の座席からリボンのかかった紙箱を渡してきた。

「これでも食べて気楽にしていて」

小箱は手のひらに収まるほどの大きさで、洒落た包装に薄青い色をしたリボンが結ばれている。

「着くまでもう少しかかるからね。気晴らしになるといいけど」

「……ありがとうございます」

菓子が入っているのだろう箱を手に、場違い感がさらに増す。

こういうのは貴族の令嬢にすることで、手間のかけどころが違うのではないだろうか。

「開けてごらん」

うながされて、諾々《だくだく》とリボンをほどく。蓋《ふた》をひらけば、中には可愛い砂糖菓子。内心躊躇したけれど、目の前で彼がにこにこ見守るからそれを摘《つ》まんで口に入れるほかはない。

「美味《おい》しい？」

「はい。すごく美味しいです」

これは嘘のない感想だった。いい店の、すぐれた料理人の手によるものか、口の中で溶けるようななめらかな舌触りがする。

「とても甘いです」

それに、彼のすることも。だけど、彼はこの菓子とおなじように中身までも甘いのだろうか。騎士の彼には逆らえず、ここまで押し切られる格好で食事に行くことになったけれど。

「気に入ってくれたみたいでうれしいよ。その店は、スミレやバラの砂糖漬けも売っているんだ。でも、きみならそれよりも食べごたえのある焼き菓子のほうがいいかな」

こちらの疑念をよそに、彼は機嫌よく言ってくる。

「僕は、あの」

言いかけて、口をつぐむ。

フロルも湊も自分より上位の人間に逆らう癖はついていない。変わりたいと思っているが、まだ少し勇気が足りないみたいだった。

言いよどみ、それきりうつむいたままでいると、彼のほうもことさら問いただすことはなく、やがて馬車はどこかの屋敷の門をくぐる。

「着いたよ、ほら」

止まった馬車から彼が先に降りていき、フロルに手を差し出してくる。

ここでもまた令嬢扱い。違和感はあるけれど、彼の腕を無視して降りるわけにはいかず、それにいまはもっと気がかりなことがあった。

「あの。ここはいったいどなたのお屋敷なのでしょう」

この場所は町の料理屋には到底見えない。

広い前庭に、大きくて立派な建物。中程度の貴族の別邸と言っても通る造りだった。

「きみと食事をするための場所だけど」

当然かのように彼が言う。

「さあ、おいで。あっちに席の用意がある」

彼はフロルの手を取ったままどんどん庭を歩いていく。逃げ出す機会をうしなったままその手に引かれて進んでいって、まもなく円い屋根のついた東屋《あずまや》にたどり着いた。

「座って」

東屋にはふたりが座れる食卓と椅子《いす》とが用意されている。すでに料理は食卓に並んでいるし、酒もグラスもいつ食事がはじまってもいいように準備が済んでいるようだ。

まるでふたりが到着する時刻を見計らっていたみたいに、皿の料理は出来立てで、酒の瓶は冷やされている。

「ほかのひとがいる場所はきみも落ち着かないだろう」

ありがとうと言っていいのかフロルは迷う。食卓に飾られている花を見ながら、着席をためらった。

「どうしたの」

「こんなに立派なところだとは想像していませんでした」

「別に気にしなくていいよ」

なんでもないふうに彼は嘯く。

「そちらにどうぞ。きみが座ってくれないと、俺も席に着けないからね」

マナーの問題ではないと思うが、逆らえない雰囲気を感じ取り、フロルは椅子に腰かけた。

「この果実酒ならきみにも飲みやすいと思うんだ」

軽めのものを選んだと彼は言い、こちらのグラスにそれを注《つ》ぐ。

フロルは彼の正面で固まったままでいたが、ややあってから思いきって口をひらいた。

「質問してもいいでしょうか」

「どうぞ」

「なぜ僕をこのようなお屋敷に招いてくださったのでしょう」

ていいる。

問いには「はい」とうなずいた。ここからいますぐに逃げ出したい気持ちはあるが、それと同時に好奇心も抑えがたくなっている。

「理由を知りたい？」

「それはね」

彼がささやき声で言う。聞き取りづらく、つい上体を乗り出した。

「きみを欲しいと思ったから」

その直後、フロルの心に変化が生まれた。

目の前には紫色に輝く眸。なぜだかそこから目が離せない。

彼の眸がすごく綺麗で。惹《ひ》きこまれてしまうみたいで。頭の中に（なんだかおかしい）という警告が灯《とも》ったけれど、その光はごくちいさくて、彼の眸を見ているうちにそれも揺らいで消えてしまった。

彼はゆっくり立ちあがると、こちらから視線を外さず食卓を回ってくる。そうしてフロルの腕を取って起立させると、彼と向かい合う姿勢にさせた。

「これから俺の言うことをよく聞いて」

なぜだかそうせずにはいられなくて、こっくりとうなずいた。

「フロル・ラ・ノイスヴァイン」

呼びかけられて、おぼえず肩がちいさく震える。

名乗ったこともない自分の名前を彼はなぜ知っているのか。姿変えの魔法は彼には通用していないのか。そんな危機感が瞬間的に生じたけれど、キラキラ輝く紫色の眸の前ではささいなことのように思えた。

「きみに頼みがある」

彼はなにを言うのだろう。フロルは無意識に自分の胸に手を当てた。

どうしてかわからないが、そこが大きく脈打っている。まるで自分が恋い慕うひとの前に立たされているようだ。長身の彼はこちらの顔を覗《のぞ》きこむようにして、一語ずつはっきり告げる。

「俺のものになってくれ」

刹那、心臓が跳ねあがり、そのあと見る間に頬が熱くなるのを感じる。

自分がこのひとのものになる？

その意味を摑む前に、そうしたいという闇雲《やみくも》な衝動が湧きあがる。

彼の言うとおりにしたい。そうすることが自分の悦《よろこ》び。思ってから（でも、なぜ）とかすかな疑念が生まれてくる。

どうして自分はそう考えてしまうのだ？

「俺のものにきみがなってくれるなら、俺はきみを大事にする。どんな者からでもきみを護《まも》る」

真摯《しんし》な表情で彼は言う。

「きみをむやみに利用するつもりはないんだ。きみの気持ちを尊重する。それは絶対に約束する」

彼は真剣なまなざしを注いだまま、こちらの手をそっと掴んだ。そうして自分の両手でフロルのそれを包みこみ、

「俺は、シオン・フォルティナ・ドゥ・ウィステリアだ。フロル・ラ・ノイスヴァイン、俺のものになってもいいと言ってくれ」

彼のそのまなざしの美しさ。

こんな高貴なひとからのたっての願いを断ることができるだろうか。思わず「はい」と言いかけて、けれどもふっと違う気がしてしまう。

自分が誰かのものになる？　また、以前のように誰かの従属物になって？

「フロル、頼む。約束してくれ」

声に懇願の色が交じる。

これほど懸命に請われるのなら、承知するべきじゃないだろうか。必要とされることこそが自分のよろこびであったはずだ。

おまえは誰かの役に立つのが好きだろう？　主人が変わるだけのことだ。

内心の声に押されて、震える唇を動かした。

「約束しま……」

そこまで告げたときだった。胸の奥から留《とど》めがたい衝動が湧き起こる。

(駄目だ……!)

自分はもう主人に従う犬のような生活は嫌なのだ。誰かに使い潰されて後悔しながら死にたくない!

「嫌っ」

フロルは握られていた彼の手を振り払った。と、いきなり眼前で光が弾《はじ》ける。

「うわっ」

その叫びはどちらのものか。閃光《せんこう》に目がくらみ、その場に尻餅《しりもち》をついてしまう。そして、目を閉じたまま頭を振って、十も数えないうちに薄れていた理性が戻った。

「……シオン・フォルティナ・ドゥ・ウィステリア?」

その名は知っている。この国、ウィステリア皇国の第三皇子だ。

ローラス王子の側近であったとき、彼は一度宮廷に来たことがある。自分は控えの間に待機していただけだったから、直接に目通りしたはずはないが、八年前の出来事とはいえ名前はきちんとおぼえている。

「この方が、皇子殿下?」

石造りの床に手をついたままつぶやいた。

だったら、このひとは親切な騎士様などではなかったのだ。彼はこの国の皇族だ。そして彼はこちらの素性を知っていた。

そうか。だからこのひとは……自分のものになれなどと言ったのか。

フロルにはそうとしか思えなかった。

氷晶の神子と呼ばれた自分は、相当に強力な癒やしの力を持つことでも知られている。聖女様にはおよばないが、使い勝手のいい魔力。シオン皇子はこの事実を許《もと》に、こちらの力を取りこもうと考えたのか。

「……失礼します」

糸を引かれた操り人形の動きでフロルは立ちあがる。

このひともローラス王子とおなじだった。おのれのために他人はあるものと疑いもしない人種だ。

「待ってくれ」

すばやく身を翻《ひるがえ》したつもりだったが、彼のほうがそれより速く動いていて、逃げる腕を掴まれた。

「そうじゃないんだ。聞いてくれ」

「離してください」

「魅了の力を使ったのは悪かった。だけどこれには理由がある」

「説明はいりません」

少なくとも悪いひとではないのだと思っていたのに。結局騙《だま》されていたわけだ。

腹立たしいのか、哀《かな》しいのかわからない。なんとも言いがたい感情が胸の中に渦巻いていて、そのためなのか高貴な身分の相手にも反発心が湧いていた。

「あなた様が皇族だと知っていたら、この場所には来ませんでした」

口早にそれを告げたら、彼が頬を歪めて唸る。

「すまない。きみに近づくために騎士の身分だと思わせたのは悪かった」

「聞きたくありません」

皇子に対する話しかたではなかったけれど、訂正する気も起こらないほど自分の嘆きは深かった。

「僕の名前をご存知でしたら、僕がどんな末路を迎えていたのかもすでに知っておられますよね」

フロルはほとんど自棄《やけ》っぱちでそう言った。

「あの森であなた様と出会ったとき、僕はローラス王子に捨てられたところでした。手枷をつけられ、木に縛りつけられて、餓死するか魔獣に食べられるか。そんな状態だったんです」

聞いて、彼の表情が強張った。それからごく低い声音を洩らす。

「そこまでは、知らなかった」

「ですから、もう嫌なんです。僕は誰にも使い潰されて捨てられたくない。自分が信じていたひとに死ねと言われたくないんです」

声を震わせて訴える。と、摑まれていた腕がふいに離された。

怒ったのかと思ったけれど、その直後に男の両手が伸びてきて、広い胸に抱き取られる。

「悪かった。俺の配慮が足らなかった」

真摯な声に、つい彼の顔を見あげる。

いままで見たことがないくらい彼は真剣な面持《おもも》ちで、紫色のその眸もさっきのように幻惑してくるものではなく、ひたむきな心情だけが感じられた。

「俺がきみに近づいた理由を話す。俺のものになってくれと頼んだわけも」

「僕に本当の理由を話すと？」

「ああ。このことに関しては嘘は言わない」

このことに関してはと彼は条件をつけてきた。それでかえって彼が言うのをほんのちょっぴり信じられる気持ちになる。

このひとが皇子なら、自分ごときになにもかもを正直には話さない。この場限りの誠実さをよそおわれるより、幾分かはましだった。

フロルはこくんと唾《つば》を飲み、そのあと迷いつつ声を発した。

「では……どうぞ」

「いいのかい？　逃げないで、聞いてくれる？」

「はい」

うなずいたのち、遅まきながらいまの体勢に気がついた。

「あの。腕を離してもらえませんか」

彼はぎゅうぎゅうに自分を抱きかかえている。苦しいし、こんなに密着していてはなんだか落ち着かない気分になる。

どうか拘束を解いてくれと頼んだら、彼は両眉を引きあげた。

「ああそうか。つい、ね。夢中になってた」

ここでようやく彼がよく見せていた微笑みが頬に浮かぶ。

「いまからその訳を順を追ってきみに話すよ」


このあちあらためて座り直し、一緒に食事を摂りながら聞かされた内容は、思いの外のものだった。

「この国で僕が噂になっていたということですか」

「ああ。以前からね」

フロルのグラスに果実酒を注ぎながらシオン皇子はそう言った。

「きみはこの国ではちょっとした有名人だったから」

「その内容をお聞きしてもいいですか」

「氷晶の神子殿はたぐいまれな癒やしの力をお持ちだそうだ。なんでも魔獣からその魔障を取り除き、普通の獣に戻せるそうな」

そんな具合さ、と彼は言う。

「でも、それくらいでしたらこの国の方々にも可能だと思われますが」

「魔獣を無力化できるほどの魔法の力。きみだけだよ、それくらいと言えるのは」

聞いて、フロルは首を傾《かし》げる。ローラス王子は側近の能力を少しも評価していなかった。

魔獣討伐のためにちょっとばかり使い勝手のいい力。その程度のものだったと記憶している。

それに癒やしの力ならあの存在のほうがもっと。フロルはそのことを思いついて聞いてみる。

「この国に聖女様はおられませんか」

「昔はね。ただ、ここ五十年ばかりは顕現なされていないようだ」

「でも癒やし手はこの国にもいますよね」

「ああ。そちらはそれなりにはね。だけど、きみほどの能力者はいないと思うよ」

「そうなんですか。でも僕は……よくわかっていなかったんです。ローラス王子の側近でいることに精一杯でしたから。ほかの人達にどう見られているのかまで思いがおよんでいませんでした」

ましてや、他国の評判など意識にのぼることもなかった。

「それと、いまになって思うんですが、もっと周りを見ていればよかったと。他者のこともそうですが、自分自身の気持ちについても……僕はあまりにも狭いところで生きてきました」

「だからきみはこの国に来て、一介の治癒師として生きようとした？」

揶揄する気配もなくシオン皇子が聞いてくる。フロルは「そうです」と首肯した。

「僕は施療院で暮らせてよかったと思います。ザナン殿をはじめ、皆さんとてもいいひとばかりで。病人や怪我人の看護についてもやり甲斐を感じています」

「宮廷で尊重される生活よりも？」

そう言われても、ディモルフォス王国の宮廷ではさほど尊重されていなかったおぼえがある。実際、最後はそこから放逐されたわけだし。

けれども事実を言いかねて、困ったあげくに話題を変えた。

「あの。ひとつお伺いしたいのですが、どうして僕が隣国のフロルとわかったのでしょう」

いちおう姿変えの魔法はかけていたのだが。そう簡単に身バレしてしまうものなら、今後やりかたを変えなければならないだろう。

「最初にあの森できみの姿を見たからね。なにかのっぴきならないことがきみの身の上に起こったと気がついたんだ。それで、きみの周辺を調べさせた」

なるほど、と得心してうなずいた。

もしもこのひとが噂なりなんなりで自分の見た目を知っていたら、あのときの人物が誰かを特定できただろう。

「僕についてどんなことがおわかりになりましたか」

そうだね、と苦笑しながら彼が言う。

「表向き、きみはディモルフォス王国の宮廷に不満があって、考えなしにそこを飛び出してしまったらしい。途中までは護衛の兵士がいたようだが、彼らを帰してそこからは目下のところ行方《ゆくえ》不明だ」

聞いて、思わず頭《こうべ》を垂れた。

そんなふうに事実を捻《ね》じ曲げてしまったのか。

それはいかにもローラス王子のすることらしい。問題はつねに側近の側にあり、王子殿下のほうには一点の落ち度もない。それがいままでの王子のやりかただったから。

「だが、そうじゃない。俺は真実を知っている」

フロルがうなだれたままでいたら、近くから声がする。見あげれば、彼が椅子のすぐ傍《そば》に立っていた。

「おいで。少し庭を散歩しよう」

食欲は完全になくなっていた。うながされるまま席を立ち、彼と一緒に東屋を出る。
あらためて見てみると、この庭は手入がよくされていて、花壇にも生け垣にも美しい花々が咲いていた。

「とても綺麗なお庭ですね」

ただの感想としてフロルは言った。

「ここが気に入った？」

「はい。素敵なところだと思います」

この屋敷の料理人も、庭師も一流の仕事をしている。邸内の様子はわからないけれど、おそらく完璧にととのえられているのだろう。

「それならね」

シオン皇子はバラのアーチの真下に来て足を止めた。

「今日からここに住むといいよ」

「え？」

フロルは目を丸くする。言われた意味がとっさには摑みかねた。

「準備はもう済んでいる。いまから身ひとつで来てもらってかまわないから」

彼はさらに驚くことを言ってくる。けれども到底受け容《い》れられる話ではなく、ふるふると首を振った。

「この家では不満足?」

「いえ、そうじゃないです」

そんな不遜《ふそん》な考えはない。あわてて言ったら、彼がにっこり微笑んだ。

「じゃあいいね。これから内部を案内しよう」

そう告げて、こちらに手を差し出すから、さらにあせって後ずさる。

「あの、僕はいま施療院で暮らしています」

「うん。きみがこの屋敷に来るまではね」

このままではなし崩しに決められる。相手は皇子殿下だけれど、自分の気持ちを訴えたかった。

「せっかくのお誘いですが、僕は施療院での生活にとても満足しています。もし、なにかどうしてもという事情があるなら、それを教えてくれませんか」

理由があっても承知できない気持ちだが、それすらもわからないのはもっと嫌だ。

すると、彼はひとつ肩をすくめてから口をひらいた。

「先にも言ったが、きみの噂はこの国にも届いている。俺はいち早くきみがこの国に入った事実を知っていたし、引き続ききみを捜索させていたから皆に先駆けて見つけられた」

「見つけたとは、いったいいつのことでしょうか」

ひやりとしたものを胸におぼえて問いかける。

もしかしてあちこちで自分は身バレをしていたのか。

しかし、皇子は偶然がもたらした幸運だと言う。

「きみは施療院周辺の井戸を順番に浄化していただろう。治癒の仕事の手が空いたときとかに。たぶん、その日は足を延ばしすぎていたのか、日が暮れたころ姿変えの魔法が切れた。きみはあわてて路地裏に駆けこんだが、その姿が俺の手の者の目に触れた」

言われてみれば、確かにそのとおりのことがあった。

「偶然でも見つかったのは運が良かった。それくらいにきみはじょうずに隠れていたよ。近隣の村々を探索させても見つからず、結局皇都オルバーンにも調査の手を伸ばしていたから」

そう聞かされて、後悔のため息が肺からこぼれる。

「あのときの僕は本当にうかつでした」

「だが、そのお陰で誰より早くきみに接触できたからね。俺としてはありがたい」

自分にとってはありがたくなかったが、それよりも引っかかる部分がある。

「お聞きしてもいいですか。その誰よりとは、いったいどなたなのでしょう」

王子の側近が我儘《わがまま》から国を出奔《しゅっぽん》したことになっているなら、ディモルフォス王国側の追っ手ではないのだろうが。

「皇都の貴族連中さ。宮廷の有象無象って感じかな。きみを手中に収めれば、自分の利になると思う輩《やから》だ」

いつにもなく辛辣《しんらつ》な言いようだった。

「ですが、僕には利用価値などありません」

他国で断罪された伯爵令息ごときを手に入れてなんになる。こちらは本気でそう思ったが、貴《とうと》い身分を持つ彼は呆れたふうに首を振る。

「そういうところも危ういね。きみは世間を知らないから、下心を持った手合いに近寄られれば、簡単に落ちかねない。きみのように初心《うぶ》なひとを籠絡《ろうらく》して、思いのままにするなんて容易《たやす》いことだよ」

そのとおりではあるけれど、さすがにさきほどの彼の言動を思い返せば承服しかねる。

「たとえばあなたのようにですか？」

あのとき自分は確かにこのひとに魅入《みい》られていた。恋愛感情を知らないこの身ではあるけれど、あの折におぼえた気持ちはそれに近い。

いつわりの恋心を持たされて、なんでもしたがう人形みたいに変えられる。

そうしたことも、彼の言うようにこちらを護る方法なのか？

「いや。それは」

「僕は誰かを愛する気持ちを知りません。それが僕に欠けているから、ディモルフォス王国を追い出される結末になったように思います」

でも、と相手をまっすぐに見て告げる。

「嘘の恋心を押しつけられたくはありません。それくらいなら、この先もずっと知らないままでいいです」

するると、皇子はぐっと唇を引き締めた。そのあと苦い面持ちで声をこぼす。

「きみの言い分はもっともだ。俺のしたことは間違っていた」

それから彼はおもむろに頭を下げる。

「本当に悪かった。このとおり謝罪する」

思いもかけないその姿に、飛びあがるほど驚いた。

「あ……頭を上げてください」

ウィステリア皇国の第三皇子が自分ごときに頭を垂れる。この身分差で、それはあり得ないことだった。

「お願いします。どうか頭を」

あわてまくって懇願したら、彼がうつむいた体勢から言ってくる。

「もう俺に怒っていない？」

「はい。少しも」

「だったら、俺を許してくれる？」

「許すだなんて、そんな。僕のほうこそ言い返してすみません。僕はずっとそのことを気にしていたから、ついムキになってしまって」

「俺を嫌なやつだとは思っていない？」

「はい、そうです。どころか、親切なお方だと思っていました」

「……それなら」

姿勢を変えずに彼は言う。

「この先も俺に会うのを拒まない？」

「はい。拒みません」

とにかく頭を上げてほしい。その一心から返事をした。

「俺を皇子扱いせずに、これまでどおりに接してくれる？」

「そうします。ですから頭を」

ここでようやく彼が背筋を伸ばしてくれる。

思わずほっとして、肩から力が抜ける暇《いとま》に、彼がしげしげとこちらのほうを眺めてきた。

「これがきみの本当の姿だね」

「あ……」

言われてようやく気がついた。姿変えの魔法が解けてしまっている。先程かけられた魅了の魔法を弾くために、他へ回す余力がなくなっていたのだろう。

「以前は遠目に眺めただけで、こうまで美しいひとだとは知らなかった」

「それは……過分なお言葉です」

なぜだろう。なんだか猛烈に気恥ずかしい。かつての宮廷でいかにもな世辞を聞かされていたときは、心が動かなかったのに。

「あなた様の魔力がすごかったのです」

据わりの悪さをごまかすために、とりあえずの言葉を発する。

「自分でもなんだかわからないうちに癒やしの力が発動しました。こんなことは魔獣討伐に加わっていたときでも経験がありません」

すると、彼は頬に苦笑を浮かばせる。

「無意識下の発動か。きみの判定では、この俺から魔獣以上の害を検知したらしい」

まいったなと言わんばかりに彼が軽く首を振る。

「そんな……でも」

言い訳の言葉を探して見つからない。自分にとって、あのときの彼はまさしくそうだったから。

「ほんとにすまない。だけど、きみを護りたいのも本当なんだ」

彼の本気を感じ取り、フロルはただうなずいた。

「今後きみに護衛をつけるのを許してくれる？　あからさまにはしないから」

「それは」

迷ってのちに、妥協の言葉を口にする。

「どうしても必要でしたら」

「うん。あとね、またきみをこの屋敷に招待したいと思うんだが、頼んだら承知してくれるだろうか」

「この場所であなた様と？」

「ああ。今日みたいに仕事の休みが取れるときには」

どう返していいかわからず、困った末にぼそりとつぶやく。

「その……約束はいたしません」

そう言うのが精一杯。すると、魅惑の皇子様はとても素敵な微笑みをこちらに振りまいてくださった。

「駄目だと即答されないだけ、俺は幸運だと思っているよ」


こうして互いの素性が明らかになってからも、フロルの生活は大きくは変わらなかった。住むところもはたらく場所もおなじだし、自分に護衛がついているような気配もない。ただ、親切な騎士様あらためシオン皇子がこちらの外出の行き帰りに現れる回数はあきらかに減っているから、自分に隠れた護り手のいることが察せられる。

この日、フロルが回復薬の配達に騎士団の兵舎まで行った折にも彼に声をかけられることはなかった。

「こんにちは。水薬を持ってきました」

兵舎の門番に挨拶すると、当番の騎士が木箱を受け取った。これで用事は終わりなので、すみやかに帰ろうとしたときだった。

「こんにちは。ええと、ミナトさん？」

振り向くと、金髪の若い騎士がこちらを見ている。ひとまず会釈で彼に返せば、相手はほがらかな笑顔で応じる。

「今日も配達ご苦労さま」

自分の名前を知っているということは、どこかで出会っていたのだろうか。おぼえがなくて突っ立ったままでいたら、こちらにどうぞと手招きされる。

「せっかくお越しいただいたんだし、もしよかったら兵舎の中を見学していきませんか」

「え。ですが」

通いの治癒師はたんなる運び屋にすぎないし、そんな勝手が許されるものだろうか。困った気持ちで迷っていると、彼がつと足を進めてごく低くささやいた。

「シオン様がこの中におられますよ」

あ、とちいさな声が洩れる。このひとは自分と彼とのいきさつを知っている？

「許可は取ってありますからね。さほど時間は取らせませんし、どうぞ奥へ」

他の人達はどうだろうと門番に目をやれば、当番のその騎士はかしこまった姿勢になって待機している。

どうやらこの男は身分の高い騎士らしい。

このひとと、シオン皇子はどのような間柄か。そんなふうな好奇心も湧いてきたし、断れる雰囲気でもない。

「それでは、お邪魔いたします」

フロルが歩き出すのを待って、騎士はこちらの横について歩を運ぶ。

ふたりして兵舎の廊下を進んでまもなく、彼のほうからふたたび話しかけてきた。

「この先には騎士たちの練習場があるんです。ミナトさんは彼らの模擬戦をご覧になったことはおありか？」

正直なところを言えば、ディモルフォス王国での経験はある。ローラス王子の供で遠目に眺めるだけだったが。しかし、それを告げてよいかわからずに、思わず視線が左右に振れた。

「ああそうか。申し訳ない」

こちらが恐々《きょうきょう》としているのを見て、彼はふいに破顔した。

「名乗るのが遅れました。俺はオルゾフ・ドゥ・サマーシュです。第三騎士団の副団長。そして、シオン様の乳兄弟《ちきょうだい》です」

フロルは目を見ひらいた。それほどまでにあのひとに近い人物とは思わなかった。

「でしたら、もしかして僕のことをご存知でしょうか」

「はい。ひととおりのいきさつは聞かされております。ですので、どうぞご心配なきように」

事情は理解済みであるとの、彼の言葉にほっとする。それならば、彼の前で自分の素性をいつわらなくてもいいわけだ。

「すでにおわかりかと思いますが、僕はフロル・ラ・ノイスヴァインと申します。でも、いまはただの治癒師にすぎません。ですので、どうぞそのようにお扱いを」

「ほう。御身《おんみ》をただの治癒師として」

オルゾフの眸が一瞬光ったように見えたのは気のせいか。しかし、彼はすぐさま表情を緩めてきて、

「いやあ、ご謙遜《けんそん》を。フロル殿の回復薬は兵舎でも評判です。貴殿は治癒師としても一級であられるな」

「いえ、そんな。たいした薬効もありませんのに。そんなふうに言われると身の縮む思いがします」

「なんの、世辞ではございませんよ。それとも」

彼が強いまなざしを向けてくる。

「氷晶の神子殿ならば、もっと効果の高い薬も容易いものかな」

痛いところを突かれてしまって、とっさには反応できない。

このひとの言うとおり、変に目立つのを回避するため水薬は効果を加減して作っている。それを見抜かれた心地になった。

「……その呼び名は、もう過去のものですから」

「いまは違うと？」

なんとか返しを口にすると、そんな言葉が返ってくる。

からかわれているふうでもあり、こちらの心情を探られているようでもある。居心地悪く両肩をすぼめたら「申し訳ない」とオルゾフがあやまってきた。

「いささか踏みこみすぎました」

「あ、いいえ。こちらこそ、あやふやな態度になってすみません」

たぶん、このひとはシオン皇子がとても大切なのだろう。乳兄弟というのもあるし、忠義に篤《あつ》い騎士ならば、いわくつきの自分など警戒するのは当たり前だ。

「その。お信じになられないかもしれませんが、僕に過去は必要ではないのです。この国で僕が出会った人達は、みんな親切にしてくださいます。仕事にもやり甲斐を感じていますし、いまの僕はここで静かに暮らしていきたい、ただそれだけを願っています」

オルゾフは黙って耳を傾けたあと、なにも言おうとしなかった。こちらの返答に怒っている感じではなく、なにかを考えているふうだ。フロルのほうも会話の接ぎ穂が見つからず、無言で歩を進めていくと、ほどなくひらけた場所に来た。

「ここがそうですか？」

足を止めて訊《たず》ねると、姿勢を変えた彼がうなずく。

「はい。教え手から技を学ぶこともあれば、模擬戦でおのれを鍛える場面もあります」

ほら、あちらのように、とオルゾフが指し示す。

平坦《へいたん》なその敷地は西代湊の記憶を借りれば学校の運動場の規模であり、そこで模擬戦がおこなわれているようだ。

「あれは……もしかして」

遠目にだが、騎士の鎧を身に纏う若い男に見おぼえがある。

「ああ。あれはわが第三騎士団の団長殿です。今日は部下たちの稽古も兼ねて、模擬戦に出ておられるようですね」

兜をかぶっていないから、彼の黒髪も顔立ちも見て取れる。

模擬戦は、騎士同士が剣を振るっての闘いで、相手は彼より体躯《たいく》に優れ、攻撃重視の使い手のようだった。いかにも重そうな大剣を自在に扱う相手のほうが一見強そうに感じられて、知らないうちに拳《こぶし》を握っていたらしい。

「負けませんよ」

固唾《かたず》を飲んで見つめていれば、すぐ隣から面白そうな声が届く。

「わが団長は、あのような力押しでは崩せません」

オルゾフはそう言うけれど、シオン皇子はこの副団長よりすらりとしている。

体格の優劣がすぐに勝負の結果に結びつくわけではない。そうとわかっていても真剣を使っての打ち合いに、フロルの胸は痛いほど苦しくなった。

「シオン殿下……」

勝ってほしいとは思わない。ただ、怪我のないようにと願うばかりだ。

大男の騎士と、シオン皇子が一合、また一合と打ち合うたびに、しかし不思議なことが起きた。最初は劣勢かと思われたシオン皇子がいつの間にか優位に立ち、どころか相手の動きを翻弄《ほんろう》しているふうに見える。闘いが続くほどに相手は疲れを見せてきて、剣技にも冴えがなくなってきているようだ。

そして、ついにこの模擬戦にも決着のときがきた。

「うわっ⁉」

大男が叫ぶと同時に手にしていたその剣が宙に舞う。剣が回転して地面に刺さる直前に、シオン皇子の剣先は相手の喉元に迫っていた。

「まいった」

負けをみとめる声が、この勝負の結果を決める。直後に周囲からわっと歓声があげられた。

「さすが団長殿！」

「またか。お強い」

手を止めて勝負の行方を見守っていた騎士たちが、口々に感嘆の言葉を洩らす。と、ほっと肩の力を抜いたこちらの脇でオルゾフが声を張った。

「お見事、シオン様」

よく通る彼の響きは距離の隔てをものともせずに相手に届く。それにつられてこちらに向けられた彼の視線は、オルゾフのみならずその隣の存在をも捉えたようだ。剣を鞘《さや》に納めるなり足早に歩いてきて、少し離れたところから笑顔を見せる。

「来ていたのか。フロ……ミナト」

「あ、あの……お邪魔しておりました」

口ごもりつつフロルは返す。試合の興奮がこちらにも移ったのか、なんだか胸がドキドキして収まらない。それなのに横からオルゾフが「こちらのお方は団長殿の応援をしておりましたよ」などと言うから余計にあせる。

「本当か」

とたん、彼はぱっと顔を輝かせる。うれしそうな表情を目にすれば、なぜだか直視しにくくなって、フロルはさりげなく視線を逸《そ》らした。

「応援の甲斐があってなによりでした」

笑いを含んでオルゾフが彼に言う。

「さらに精進なさってください。俺はこれからミナトさんを送っていきます」

「え……っ」

シオン皇子が残念そうな表情になるのもかまわず、オルゾフは背後に控える部下たちに声をかける。

「団長殿はあれしきでは足りぬらしい。ほかに挑戦する気概のある者はおらぬか」

彼の煽《あお》りに騎士たちがてんでに名乗りをあげてくる。シオン皇子がそちらのほうに振り返ったその隙に、オルゾフはフロルの背中に手を添えてうながした。

「さあ、まいりましょう」

練習場は団長に挑もうとする騎士たちで大盛りあがりだ。邪魔をしてはいけないので、皇子に軽くお辞儀をすると、オルゾフにしたがってその場を離れた。

「あの方は本当にお強いですね。あのように体格に差があってもお勝ちになるとは」

ほどなく騎士団の兵舎を出て、施療院への帰途をたどっていく途中で、フロルは隣のオルゾフに話しかけた。

ローラス王子は剣の稽古を嫌っていたから、お付きの騎士たちはじょうずに負けてやっていたが、さっきのあれはまったく違う。

今日の模擬戦に彼が魔法を使ったような気配はなく、相手方が手心を加えていた様子もない。魔の森でも彼の剣技は優れているとわかったが、あれほど手練《てだ》れの騎士相手でもその強さは変わらない。

「シオン様は強くあらねばならなかった。本日ご覧になったのはその結果です」

重い声でオルゾフが返事をする。その意味が知りたくて、フロルは彼に問いかけた。

「とは、どういう意味なのでしょうか」

「シオン様が側妃の御子《みこ》であられるのはご存知ですか」

「はい、それは。あくまでも知識としての範囲ですが」

男らしくととのっている横顔を見あげながらそう返す。

シオン皇子はウィステリア皇帝が三番目にもうけた息子。最初に産まれた皇太子は他国の王女だった正妃を、第二皇子は財務大臣息女である第二皇妃をそれぞれ母に持っている。

シオン皇子の母親は貴族だが、地方の子爵《ししゃく》家出身で、彼女の実家は宮廷での存在感がほとんどない。皇帝にその美貌《びぼう》を望まれて側妃としてあがったが、男児を産み落としてのちは宮廷の奥深くに引きこもっているらしい。

ローラス王子の側近であったとはいえ、他国人のフロルが知っていることはそれくらいだ。

「おおむねの背景をご存知でしたら打ち明けさせていただきますが」

そう前置きしてオルゾフが言ったのは、現在皇太子と第二皇子のあいだで後継者争いが生じているという出来事だった。

「いまのところ、皇太子殿下のほうが相当に有力ですが、第二皇子殿下の側もいまだにあきらめてはおりません。失態による廃嫡、あるいは病気や怪我などで後継者としての重責に耐えかねる。そのような事態もないわけではありませんから」

オルゾフの言う意味が腑に落ちて、愕然と目を瞠《みは》る。

「それは……まさか」

彼はその疑念には直接答えず、軽くうなずいてから口をひらいた。

「シオン様は皇太子殿下派です。二皇子のお人柄やご器量を鑑みて決められました。皇太子殿下のほうもシオン様を頼りにし、信じるに足る人物と思われておられます」

これはいかにもむずかしい局面だと思わざるを得なかった。

皇太子はともかく、シオン皇子の後ろ盾のあるなしが気にかかる。皇太子派に属していれば、それなりの権力は使えるかもしれないが、有力な後ろ盾がないのなら第二皇子の標的にされるだろう。

ローラス王子にとっての自分がそうであったように、形は違えどシオン皇子も第二皇子には目障りでしかたがない存在だ。

そんなことを考えて、しばしのあいだ自分の想いに没頭していたけれど、隣から聞こえてくる男の声に引き戻される。

「シオン様には有力な貴族はついておりません。あのかたご自身の能力でこの難局を突破しようとしておられます。ですが」

「第二皇子が真っ先に狙うのは誰か、ということですね」

「そうです」

オルゾフは硬い表情で同意したのち、フロルを覗きこむようにして強い視線を投げてきた。

「あなた様はどうですか」

「どう、とは？」

戸惑いながら問い返す。彼は真剣な顔つきでこちらの返事をうながした。

「あなた様のお考えを聞かせてください。シオン様をどう思っておられますか」

ドキッと心臓が大きく跳ねた。

どう思うかとはどんな意味だ。それは、彼は悪いひとではないと思っているけれど。

「その……僕にはよくわかりません」

フロルは自分の心情を隠さず言った。

「わかりませんか」

「僕はまだあの方を理解していないのです。もちろん、殿下は親切なお方ですし、困っていたらなにかお力になれればと思いますが」

けれども、自分のできることはしょせんしれている。

「僕は王国の宮廷を追い出されてきたのです。そんな僕が皇子様方の争いになにか思うことすらも僭越かと」

「そうですか」

つぶやいて、彼は肩を上下させた。

「今度もまた俺はしゃべりすぎました。俺はかのひとのことになると、箍《たが》が外れるみたいです」

そう洩らして、困ったふうに笑うから、こちらも強張っていた頬を緩める。

「それだけ大事な方なのですね。僕には……うらやましくさえ思います」

さきほどの練習場でのふたりのやり取りを見聞きしてフロルは思う。

彼らが交わす隔てのない応答は、お互いを信頼しあっているからだ。自分はついにローラス王子とそんな関係を築けなかった。

知らず視線が落ちてしまうと、横からオルゾフがあわてたふうに言ってくる。

「いや、しまったな。申し訳ない。俺は本当に不調法で」

「いいえ、いいんです。僕のほうこそすみません」

勝手に自分でへこんだのに、かえって彼に気を遣わせてしまったようだ。

「オルゾフ殿から聞かせていただいたお言葉を、僕はじっくり考えようと思います。いままで僕は大事なことをずいぶんたくさん取りこぼしてきましたから」

その夜、フロルはいつもの就寝時刻になってもなかなか眠れないでいた。騎士団でシオン皇子が剣を振るい、部下と闘っていた姿。また、そののちに彼の乳兄弟であるオルゾフが、こちらに話してきた内容。それらがいっこうに頭の中から消えようとしないのだ。

フロルもローラス王子の側近として、宮廷内に頻繁に出入りしていた経験はある。だからオルゾフから第三皇子である彼の事情を聞かされれば、だいたいは察しがついた。

彼がこの国で生き抜いていくために、どれほど努力してきたのかを。

シオン皇子の微笑みも、人好きのする明るい態度も、生存戦略の一環ではないだろうか。

側妃の息子としての苦しい立場は、彼を何度も失意に落としてきたはずだ。

扇の陰に隠された冷笑や嘲《あざけ》り、じょうずな言い回しに含まれた皮肉、裏でささやかれる悪意に満ちた噂話。それらが日常的にはびこっているのが宮廷というものだ。

自分が頑《かたく》なにそれらを寄せつけまいとして、氷の仮面をかぶったように、彼もまた魅惑の微笑みの裏側に隠しているものがあるのだろう。

彼のそれは……いったいどんなものなのか。

ごく衝動的にフロルはそんな想いに駆られた。

彼が他人に見せておきたい自分ではなく、本当のあのひと自身はどのようなものなのだろう。

そこまで考えて、フロルはちいさくつぶやいた。

「でも……僕だってこんなふうに」

姿を変えて暮らしている。

誰にだって事情はあるのに、彼に自身を晒してほしいと考えるのは公平じゃない。こんな望みを持つこと自体、勝手がすぎるのかもしれない。

思ったら苦しくなって、眠気の来ないベッドから抜け出すと、窓辺に近づく。外の空気を吸おうとして窓を開け、

「……え？」

そこから顔を出してみて気がついた。この建物の下にいるのは、自分がいままさに考えていた人物だった。

「殿下？」

フロルの部屋は施療院の建物の二階にあって、裏庭に面している。夜間は建物の出入り口に鍵をかけて内部には入れないようになっているが、庭伝いに歩いてくればこの下まではたどり着ける。

「やあ。見つかってしまったね」

身を乗り出したフロルと目が合い、彼が苦笑してみせる。

「遠目にちらっと見られたら幸運かなと思っていたのに」

「いったい、どうされたんですか」

「いや。本当にそれが目的」

窓辺に立った人影を仰ぎ見る、たったそれだけのためにこんな夜分にこの場所まで来たというのか。

「望みが叶ったから満足したよ」

じゃあね、と彼が足を引いて踵を返す。フロルはとっさに呼びかけた。

「待ってください」

シオン皇子が振り返ってくれたので引き止めには成功したが、そのあとなにを告げればいいのかわからない。夜風に髪を揺らしたまま、ただ彼を見つめていたら、紫色の眸がチカリと光を放つ。

「俺がそちらに行っていいかい。ほんの少しのあいだだけ」

承知のしるしにこっくりと首を振ると、彼が口中でなにかつぶやく。その直後、予期しないことが起こった。

シオン皇子が裏庭の立木を蹴《け》って舞いあがり、その上にある枝を摑むや、一回転して弾みをつけるとこちらのほうに飛んできたのだ。

「そこ、どいて」

そう言われても、心配だし、あっという間の出来事でもあり、いまだに彼を受け止めるべく両手を伸ばした格好でいる。

そうして当然の成り行きだろうが、フロルは飛びこんできた彼と抱き合った格好で仰向《あおむ》けにひっくり返った。

「大丈夫かい？」

自分の上で彼が言う。後頭部を打たないように彼が手を添えていたので、ちょっと腰が痛いくらいだ。

「……あ」

このとき、姿変えの魔法が切れた。

本来なら自室だし、寝るだけだからかまわないはずだけれど、これでは素の自分を彼の前に晒してしまう。とっさに魔法をかけ直そうと思ったけれど、彼が覆いかぶさったまま「変えないで」と告げてきた。

「これがいい」

シオン皇子は食い入るようにこちらの顔を見つめている。にわかに恥ずかしくなってきて、のしかかる男の身体を押し返そうと思ったのに、意思に反して腕は動こうとしなかった。

「今日は兵舎に来てくれただろう」

姿勢もまなざしも変えないで彼は言う。

「見てしまったら、我慢ができなくなってしまった」

我慢とはどういう意味か。不思議に思い、それから「あっ」と気がついた。

「脇腹に怪我を」

癒やしの力を発動するべく身動きしたら、彼がその手におのれのそれを重ねてくる。指を絡めて、そっと床に押さえこみ、

「治さなくていい」

「でも」

「きみの力を借りたくないんだ」

その言葉で胸に重石《おもし》がのせられた感覚を味わった。

このひとは自分の力など必要ないのだ。言うまでもなく彼は皇子殿下なのだし、立派な治癒師をいくらでも呼べる立場だ。

「すみません。よけいなことを」

「いや。よけいだとは思わないけど」

しょげた気配を感じ取ったか、彼が取りなすように言う。

「きみに近づけば、怪我をしているのがわかるだろう。だから、本当は治るまで距離を置いておくつもりだった」

「それは……どうして？」

「言っただろう。きみを利用しないって」

「だけど」

怪我の場合には別だと思う。ことに自分は治癒師の仕事をしているのだし。

「きみに心配をかけたくなかった」

フロルの後頭部に置かれていた彼の手が位置を変え、白銀の色をしたこの髪を愛《いと》おしそうに撫でてくる。

それがむやみに落ち着かなくて、わざとそっけない口調で応じた。

「利用されたとは思いません。施療院に来られる方もおなじように治しますから」

「おなじようにか。それは嫌だな」

少しばかり顔をしかめて彼は言う。

「その他大勢と一緒にされるのはうれしくない」

「そんなふうには思っていません。あなた様はとてもよくしてくださったひとですから」

言ってから気がついた。

思えば、この国で出会ったときから彼はとても親切だった。花や菓子の贈り物。ととのえられた屋敷での食事。そればかりか、彼はそこに住めと言い、辞退したら隠密に護衛までつけてくれた。

自分を利用する気がないならなおさら、魔の森で少しばかり援護したことの礼にしては、大きすぎるのではないだろうか。

「なにか……僕たちのあいだに、こちらの知らない出来事がありましたか」

なぜいままでそうと考えなかったのか。

不安を込めて見返せば、彼はことさらなんでもないふうに言ってくる。

「まあそうだね。きみがおぼえていなくてもしかたない。俺たちが出会ったのは、かなり以前の、ほんのひとときのことだから」

思わぬ事実を聞かされて、薄青色の目を瞠る。

「以前とは……いつの折に？」

「ほんとにずいぶん昔のことだよ。俺がディモルフォス王国の親善大使になって、そちらの宮廷に出向いたときだ」

きみが十歳のころかな、と彼は言う。

「きみは控えの間にいたけれど、たまたま廊下に出てきてね。そのときちょうど出くわして、俺に挨拶してくれた」

その顔だと、やっぱりおぼえていなかったんだね。彼が目を細めてつぶやく。

「綺麗な声で完璧な礼をしてくれたんだ。俺はうっかり男装の令嬢と勘違いして、きみに見《み》惚《と》れてしまっていた」

思い出せずに、フロルは目蓋《まぶた》をぱちぱちさせる。

「ですが、どうして僕はおぼえていないのでしょう」

「たぶん、そのあとでつらいことがあったためだよ」

彼が眉根を寄せがちにその原因を教えてくれる。

「追いついてきたローラス王子はきみが廊下にいるのを見て激高してね。側近なのに命令も聞けないのかと怒鳴りつけて。ほかにもさんざん罵り文句を浴びせたあとで、きみを突き飛ばして転ばせた」

「……ああ」

そのあたりはなんとなくおぼえている。言いつけを守れなかったと、ひどく叱責されたのだ。結局フロルは来客の身分を聞かされることもなく、しばらくは王宮のひと間に閉じこめられていた。

当時からわりとよくあることだったので、いつしか記憶が薄れてしまっていたのだろう。

「おぼえていなくて、すみません」

「いや。それはいいんだ」

彼は手をすべらせて、髪から頬に手を当てる。その感触が気持ちよくて、思わずちいさな吐息がこぼれた。

「あとで俺はきみがローラス王子の側近だと知ったんだ。癒やしの力を得意とする伯爵令息であることも。しょんぼりとうなだれていたきみの姿を何度も思い出すにつれ、いつの間にか俺の中に決意のようなものが生まれた」

それがなにかわかるかい、シオン皇子にそう問われ、フロルはあいまいに首を振った。

「その。気の利かない側近は持たないようにしよう、とか？」

「きみが俺の側近だったらいいのにと思ったんだ」

紫色の眸が深さを増している。つい惹きこまれて、宝石にも似たその輝きを覗きこんだ。

「きみがもし俺の側付《そば》きになるようなことがあったら、絶対ひどい真似はしない。なにがあってもたいせつにする。そうしたら、あのときには見られなかったきみの笑顔を毎日見られるだろうって」

そんなことを考えていてくれたのか。驚きもし、同時になんとも言いがたい胸のざわつきをおぼえてしまう。

「だから、これは俺自身の一方的な気持ちなんだ。きみがこの国に来て、俺と話をしてくれる。こうして近づいても嫌がらず、俺の心配さえしてくれる。俺はそれがうれしいんだ。もちろん、この国に来ざるを得なかった事情を思えば、そうしたことをよろこぶのは、自分勝手な考えだとわかっているけど」

「自分勝手だなんて、そんなふうには思いません」

「本当に？」

「はい。そんな昔に僕と出会って、そのあとも気にしてくださっていたなんて……驚いていますけれど、ありがたくも思います」

「嫌だとは思わない？　しつこくおぼえていたとわかって」

「それは、ちっとも」

「じゃあ、こうしてきみに触れているのは？」

「えと……そうですね。嫌じゃないみたいです」

これまでの自分なら男にのしかかられていたら、きっと不快に思っただろう。けれどもなぜだかこのひとには嫌悪感をおぼえなかった。

月の夜。静かな部屋でふたりきり。しかもこんな体勢でいるなんて、まるで……そう。湊がしていた乙女ゲームのイベントシーンのようだった。

そう思うと、ふいに心臓が跳ねたけれど、自分を抑える気持ちも一緒に湧いてくる。

あれとは違う。自分はそもそもヒロインではなく悪役神子で、しかも男だ。

誰かを愛する感情さえもわからない堅物にはしょせん縁遠い話だろう。

「どうしたの？」

そんなことを思っていたら、こちらの沈黙をどう取ったのか彼が低く訊ねてくる。

「俺が怖い？　また魔法をかけられるかもしれないって」

少し考えてから、フロルは「いいえ」と返事をした。

このひとは魅了の魔法を二度とかけないと言ってくれた。だから決してその心配はしていない。

「そいつはよかった。きみに脅威を感じさせたら、癒やしの力で弾き飛ばされてしまうからね」

冗談ぽく告げて、シオン皇子は手のひらと膝とを使って身を起こす。そのあとすぐに立ちあがると、窓の近くに足を進めた。

「少しのつもりが邪魔をした。俺はこれで失礼するよ」

そうして窓枠に手をかけるから、待ってほしいと撥《は》ね起きる。

「怪我をされておられるのに窓からは。出口に案内しますから」

「大丈夫。身体強化の魔法をかけているからね」

シオン皇子は窓の下框《したがまち》に飛び乗ると、そこでこちらに向き直る。彼の身体を支えているのは横枠にかけている指のみだ。

「でも」

心配でならなくて、彼のほうに近寄った。断られてはいたけれど、無理にも癒やしてしまおうかと両手をあげ気味に背を伸ばす。と、彼が上体を傾けた。

「……んっ」

唇に触れてきたやわらかいもの。驚くあまりに一瞬思考が止まってしまい、そのあと我に返ったときには彼の姿は消えている。

「え……？」

とっさになにが起こったのか飲みこめず、しかし次の瞬間にフロルは窓枠に飛びついて上体を乗り出した。

「殿下っ」

見下ろせば、すでに彼は裏庭に着地している。

こちらを見返り、ちょっと手を振ってから去っていく男の姿を見送りながら、フロルの指は無意識に自分の唇に触れていた。

ほんの一瞬の触れ合い。けれども確かに彼は自分にキスをした。

夜風に髪をそよがせつつ、窓辺から動けなくなったフロルはいつまでも彼の去った方向を眺めていた。


「どうした、手が止まっているぞ」

老治癒師ザナンの指摘に、フロルはハッと我に返る。

「あ……すみません」

「ああいや、いいんだが。どうも顔色が悪いようだな」

ザナンが心配そうにこちらの様子を窺ってくる。

「今日の配達は、ほかのやつに頼もうか」

「いえ、大丈夫です。心配をおかけしてすみません」
シオン皇子がフロルの部屋を訪ねてきてから三日が経った。
あれからフロルは折につけては彼のことを考えている。
そしていまも脳裏に浮かぶのはあの夜の出来事だ。
――きみが俺の側近だったらいいのにと思ったんだ。
あのひとは……あんなことを言ったのに、怪我の手当てはきっぱりと断った。
ただ昔から自分のことを知っていたと打ち明けて、去り際にキスを残した。
触れてすぐに離れていった彼の唇。
あのときのことを思えば、フロルの指が知らないうちに自分の唇の上へと伸びる。
あれは……あのキスはむしろ事故だと思ったほうがいいのだろうか。
自分があせって近寄ったから、そのはずみかなにかだった。
たまたま仰向いた自分と、顔を下にしたあのひとの唇がぶつかっただけ。
そんなふうに結論づけようとして、しかしあの折の感触が忘れられないままだった。
どうしてこういつまでも……と首を振り立てたその直後、ザナンの声が聞こえてきた。
「だけどなあ、今日はいつもより薬の瓶が多いんだ」
「平気です。持てますから」
物思いから半ばは戻って彼に応じる。

「そうかい、すまないね。このあとしばらくは回復薬の発注が立て続けにあるそうだから」

フロルはその言葉に引っかかるものをおぼえた。

「立て続けにとは、騎士団の兵舎でなにかあるのでしょうか」

大規模な演習の予定でもあるのだろうか。そう思って聞いたけれど、老治癒師の返答は違っていた。

「魔獣討伐がおこなわれるらしいんだと」

「えっ。それは本当ですか」

「ああ。騎士団からの使いの者がそう言ったから間違いない。第三騎士団はその準備をはじめたそうだ」

フロルは愕然と目を見ひらいた。

魔獣はあのとき相当数減らしたはずだ。こんなに短い期間でふたたび魔獣討伐という危険な任務に赴くなんて、通常ではあり得ない。

「ん？　どうしたんだ。おまえさん、なにか様子が」

「あ……あの。薬を届けに行ってきます」

急いで木箱を抱えると、小走りで兵舎を目指す。そうして一心にそこまで駆けつけ、息せき切って顔見知りの門番に問いかけた。

「あの。オルゾフ副団長様にお目にかかりたいのですが。どうか取次ぎをお願いします」

門番はこちらの剣幕に驚きながらも、詰め所で聞いてやるからと言ってくれる。ほどなく彼は戻ってきて、

「おまえがここに訪ねてきたら通せって、副団長殿からの命令があったそうだ。いま詰め所から案内のやつが来るから」

言葉どおりにやって来たその騎士がフロルに先立ち、兵舎内の一室にみちびき入れる。通されたこの部屋は来客用か、椅子もテーブルも上質のものだった。

「こちらに掛けて待っていてくれ」

言われるままに長椅子に座って待つと、ほどなく金髪の若い騎士が現れる。見知った顔に跳ねるように立ちあがれば「どうぞお座りください」と彼がにこやかに告げてきた。

「ようこそおいでくださいました。茶を出すように言いつけておりますから、もう少しお待ちください」

フロルは礼を言ってのちふたたび椅子に腰掛けると、飲み物が運ばれるのも待てないで、姿勢を正して問いかける。

「今日はオルゾフ殿にお伺いしたいことがあって来ました」

「ほう。どのような」

自分も真向かいの椅子に座って彼が言う。

「魔獣討伐の件なのですが」

「ああ、あれですか」

どういうこともないふうに彼はうなずく。

「その話は本当ですよ。現在は討伐隊員の選出に当たっております。十名ほどになりますかな」

それはいかにも少ないとフロルは思う。普通ならば後方支援も含めて、中隊規模の編成になるはずだ。

「出過ぎた質問をお許しください。十名とはいささか手勢が少ないように感じられます」

「まあそうですな。俺も馬鹿げた命令だと思いますよ」

オルゾフは広い肩をすくめてみせる。

「その人数で魔の森の奥へ行けとは、われらを死地に追いやるも同然かと」

これは想像を遥かに超えた深刻な状況だった。シオン皇子がそのような作戦を立てるとは思えないが、誰がそんな命令を下したのか。

「だけど、しかたがないですな。これもまたフェイ皇子の思し召しのようですから」

フェイとはこの国の第二皇子殿下のことだ。そして、この皇子にあえて殿下の尊称をつけないで言ったのは、オルゾフの憤《いきどお》りを示している。

「もしかして今回の討伐隊にはシオン殿下も参加される予定でしょうか」

「そうなります」

聞いて、たまらずにフロルは言った。

「不敬を承知で言うのですが、フェイ殿下が魔獣討伐の命《めい》をシオン殿下に下すほどの権能をお持ちとは思えませんが」

「ご本人はね。ですが、あの方の母君にはご実家の後ろ盾がございます。大臣閣下が権力と人脈でごり押しすれば大抵の無茶ぶりは通りますから」

オルゾフの説明がフロルの胸に岩のようにのしかかる。

この国の大臣は、自分に邪魔な第三皇子を取り除くつもりでいるのか。あのひとに死んでこいと命じるのか。

「オルゾフ殿」

「はい？」

心情を見せない顔で副団長は先をうながす。

「なんでしょう」

「先だって、シオン殿下とお会いしたとき、あの方は怪我をしていたのです。模擬戦であんなにもお強い方が、団の演習時に大きな傷を負われるものなのでしょうか」

「そうですね。おっしゃるとおりで、シオン様は部下たちとの演習では怪我などはなされませんな」

「だったら、あの傷は」

ほぼ予想をつけながらフロルは聞いた。そして、そのとおりの答えが返る。

「シオン様は昔から暗殺者に狙われていましてね。どなた様が差し向けてくるのだとは、公《おおやけ》には言えませんが」

誰とは聞かなくても理解できる。シオン皇子を狙いにくる暗殺者はフェイ皇子派が差し向けたのだ。

フロルはそこまで考えて、あらたな疑問に気がついた。

「オルゾフ殿。あの方は僕に護衛をつけてくれると言いました。まさか、ご自身の護衛を僕に差し向けられたのでは」

そのために、自分の護りが手薄になって襲撃者を退けきれなかったのか。

「それは……お気にされなくても大丈夫です。すでに護衛は増やしましたし、怪我のほうも治癒師の手当てですでに完治しておられますので」

困ったふうにオルゾフが自分のうなじを掻いたとき。扉がひらいて、長身の男がそこから入ってきた。

彼をみとめて、オルゾフとフロルが同時に立ちあがる。

「フロル」

彼は大股で歩み寄ると、眉をひそめてこちらを見やる。

「どうしたんだ。血相変えてきみが兵舎に駆けこんできたと聞いたが」

「魔獣討伐に行かれると、施療院でザナン殿から聞きました。だから、僕は」

矢も盾もたまらずにここに駆けつけてきたのだった。

「心配かけたね。だけど不安がることはないよ。わが騎士団は強いから」

そうだろうとシオン皇子がオルゾフに目配せする。

「はっ。そのとおりです」

「でも」

「大丈夫。魔獣討伐は初めてじゃないんだし。きみもファンガストの森でわれらの闘いを見ただろう」

「見ましたが……」

言われて、あの折の情景を思い出す。

確かに彼らは強かった。もちろんこのひとも目覚ましい剣技の冴えを見せていた。

だけど……魔獣に飛びかかられて危なかったのもおぼえている。

あのときに、もしも自分が防御の魔法を使わなかったら、どうなっていたのだろう。

それはもちろん、最終的には魔獣を討ち果たしていたのだろうが、到底無傷とはならないはずだ。

フロルは伏せていた顔をあげると、強いまなざしを彼に向けた。

「シオン殿下。僕にお許しをくださいませんか」

「許しとは？」

「魔獣討伐のお供に僕を加えてください」

「なっ……」

絶句したあと、シオン皇子は足を進めて、こちらの肩に触れてくる。

「まあ座ってくれ」

フロルがそれにしたがうのを待ち、彼は自分もその隣の場所に座る。

「再度言わせてもらうけれど、わが隊は魔獣討伐には慣れている。きみを連れていかなくても成果を確実にあげられる」

「騎士様たちのご武勇を疑って言っているのではないのです。ただほんのわずかでもご助力になれればと」

黒髪の騎士団長はよくととのった顔に戸惑う色を浮かべている。

「きみのその気持ちはうれしいが、討伐隊には加えたくない」

「お邪魔にならないようにします。たいしたことはできませんが、戦闘時には癒やしの力を振るうのと、対峙《たいじ》する魔獣から魔障を取り除くくらいはやれます」

「それは充分にたいしたことだよ。だが、それでも俺はきみを供にしたくない」

駄目なのか。しょせん足手まといだから、自分は連れていけないのだ。

わが身の情けなさにしょんぼりと頭を垂れると、あせった声が隣から聞こえてくる。

「ああそうじゃない。きみの能力がどうとかという話じゃない」

なあ、と彼は副団長に同意を求め、オルゾフも「そうそう」と援護する。

「俺も少しは期待してこちらの内情をしゃべりましたが、シオン様が止めるだろうとも考えておりましたので。最前線に出てほしいとはこれっぽっちも望んでいません。ただ、ちょっとばかりシオン様にお心を寄せてくれればいいのになあ、と」

「オルゾフ」

彼が怖い声を出す。

「おまえ、あれほどおかしな色気を出すなと言っておいただろうが」

「だけど、あんなにシオン様が大事に抱えこんでたひとで。これを機に、わずかなりとも気持ちを汲んでもらえれば上々じゃないですか」

シオン皇子は苦い顔で唸ったのちに、咳払《せきばら》いをひとつする。

「ともかくだ。今回の討伐は従前の作戦よりもずっと危険だと判断している。きみにもしものことがあれば後悔してもしきれない」

だったら彼はあぶないから自分のことを心配しているだけだ。足手まといの厄介者だから、同行を断ったわけではない。

「それでしたら、なおさらです。あなた様と行かせてください」

「フロル。頼むから聞き分けてくれ」

「お願いです。魔獣討伐なら慣れています。もしもお許しいただけないなら、少し離れて後を追わせていただきます。距離があっても、僕の魔法は届きますから」

なんでこんなにムキになっているのかは自分でもわからない。けれどもこのひとが魔の森で魔獣と闘い、大怪我を負ったり、最悪には万一の出来事があったりするのはどうしても嫌なのだ。

「フロル」

「こりゃもうあきらめましょう」

怖い顔をするシオン皇子の向かいからオルゾフが言ってくる。

「変に断れば、かえってこのかたの安全を取りこぼす恐れがあります」

「だが」

「お気持ちはわかりますがね。氷晶の神子殿の存在を隠しておけるのもそろそろ限界。だとすれば、いっそ皇太子殿下にも認知していただいて、そちらぐるみでお護りするほうが上策かと」

「それは……」

「お願いします。シオン殿下のご迷惑にならないように、精一杯努めさせていただきますから」

フロルが懇願のまなざしを彼に注ぎ、向かいでオルゾフが認めましょうと圧をかける。渋面のシオン皇子はオルゾフを一瞥《いちべつ》し、ついでフロルを眺めると、ハアッと両肩の力を抜いた。

「わかったよ。ただし、きみは今日からあの屋敷に移ること。施療院の仕事もしばらくは休止してくれ。そうでなければ、許可しない」

フロルはつかの間躊躇したが、すぐに決心してうなずいた。

いずれ施療院に戻れる日も来るだろう。それまでは、このひとの安全を護るのが最優先だ。

「承知しました」

「うん。頼んだよ」

シオン皇子は言ってから、今度は少しためらいがちに聞いてくる。

「ところで、なんだけど。ひとつきみに教えてもらってもいいだろうか」

「はい。僕がお答えできることなら」

「どうしてきみはそんなに一生懸命なんだ」

「とは、どういう？」

言葉の意味を摑みかねて問い返した。今度も彼は言いにくそうに訊ねかける。

「その。きみは施療院での仕事が楽しいと言っていただろ。それをいったんはあきらめてでも魔獣討伐に志願する。その動機はどこから来たんだ」

「それは……あなた様のご危難を見過ごせなくて」

「じゃあ、そう思った理由はなんだい？」

このときオルゾフが席から静かに立ちあがる。それを横目に見つつ、フロルはすぐには返事ができない。

自分の志願の理由とは……。

なによりもこのひとがあぶない目に遭うのは嫌だ。そして、そんな画策をしたフェイ皇子に憤りを感じている。

つまり、これは義憤なのか。

これまで親切にしてくれたシオン皇子が窮地に陥《おちい》るのが許せなくて？

「きみは誰も好きになったことがない。前にそう言ったよね」

考えこんだフロルを前に彼がそう問いかける。

「つまり、誰に対してもさほど強い思い入れを持たないできたんじゃないのか。だったら、俺のこの件も、知らぬふりでよかったのに」

「それは」

「なのにきみは討伐予定を知ったとたん、急いでここまで駆けつけた。それはどういう気持ちから？」

「え、と……あなた様は尊敬できるお方ですし、施療院にも日頃からご寄付をいただいていましたので」

「うん、なるほどね。で、それだけ？」

やっとの思いで答えを考え出したのに、彼は足りないと言ってくる。

「ほかにはないの」

「僕は……そのう。殿下のことが心配で」

「そう思う理由はなんだい」

さらに追及されてしまい、どんなふうに応じればいいのかと悩んでしまう。

確かにこのひとが言ったとおり、自分はこれまで誰かに対して入れこんだおぼえはない。

ローラス王子は別枠だったが、あれはあくまでも側近という自分の立場がそうさせていたためだ。

人の情けを解さない氷晶の神子。堅物で、取りつく島もない朴念仁。そんなふうに噂され、自分でもそうした部分は違っていないと考えていた。

それなのに……シオン皇子が魔獣討伐に赴くと知った瞬間に取り乱した。息せき切ってこの場所まで駆けてきた。無我夢中で同行を願い出た。

だとしたら、自分はこのひとに強い思い入れがある。これまでにおぼえがないほど気持ちを傾けている。

「僕は……」

言いかけたとき、部屋の扉がパタンと閉まる音がした。オルゾフが出ていったのだ。フロルはそのことを音だけで知り、迷いつつ声を発した。

「いままでにはないくらい、あなた様を気にしています。これが好きという気持ちなのかと聞かれたら……絶対違うとは言いがたいです」

「え。本当かい」

身を乗り出して彼が言う。フロルはあいまいな表情で小首を傾げた。

「でも、僕のこの気持ちは、ローラス王子がリリイ嬢に抱くものとは違うような気がします。リリイ嬢がみんなから愛されたいと言っていた、その思いとも違います。僕のこれは……」

言葉の半ばでどう説明していいかわからなくなる。

「なんなのでしょうか」

中途で音《ね》を上げ、投げ出す格好になってしまった。そんなフロルを食い入るように見つめていたシオン皇子は息を吐きつつ姿勢を戻す。

「きみにはまだ難しかったみたいだね」

「すみません」

がっかりさせた気配を感じ、申し訳なくて肩をすくめる。

「いや、いいんだよ。無理強いするつもりはないんだ。こういうことは待つのも大事な過程だから」

「はい」

本当には理解できないでいるけれど、なだめられてうなずいた。

「とりあえず、俺のことを名前で呼んでみたらどうかな」

どうかなと言われても、唐突すぎて反応できない。

「きみは俺が好きかもしれない。少なくとも絶対違うとは言いがたい。そんな相手だ。親しみを込めていこう」

「え……あの」

戸惑って瞬《まばた》きしたら、相手はこちらを覗きこむ。

「さあ練習。シオンって呼んでごらん」

この黒髪の皇子様は笑顔であるけれど、いまのところ断れる雰囲気はまったくない。それでもさすがに呼び捨てにはできなくて、ためらいがちに口にする。

「……シオン様」

「うん。そうだよ」

もう一回とうながされ、ふたたび言いつけにしたがった。

「シオン様」

「うん。俺がきみのシオンだよ」

自分の、ではないと思う。

けれどもむやみに気恥ずかしいし、くすぐったい気がしてきて、フロルは知らずに笑みをこぼした。

「ああ、いいね。笑う声を初めて聞いた」

そう言われて気がついた。そうか。自分は笑ったのだ。

「僕も……声を出して笑ったのはひさしぶりです」

どころか、記憶にある限り初めてではないだろうか。誰かとこんな雰囲気を共有したのも。

「シオン様」

「うん？」

「ありがとうございます」

「どういたしまして」

ふたりで目を見交わして、思わずふふっと笑い合う。

ああ、いいな。なんだかすごく……温かい。

「僕、シオン様にお会いできてよかったと思います」

このひとと一緒にいると、自分がこれまでに知らないでいた感情が湧いてくる。

やさしくされること。心配をされること。気遣われて、いたわられて、微笑みを投げかけられる。そして、それとおなじくらいか、もっとたくさん返したいと思ってしまう自分がいる。

「フロル」

シオン皇子がこちらに身を乗り出してきた。

「はい。なんでしょう」

彼がふいに真面目《まじめ》な顔つきになったので、フロルも唇を引き締める。

するとで彼は口を半ばひらいたものの、結局言葉は出さなかった。

「……あの？」

なんだろう。面食らって瞬きすると、ややあってから彼がおもむろに言ってくる。

「……魔獣討伐の件だけれど、あくまでも慎重に。危険な行為はしないこと。そうでなければ連れていかない」

「わかりました」

ついさきほどまでふたりのあいだにあったやわらかな雰囲気が消えたのを、残念だと思う自分は少し変わってきたのだろうか。

慣れない気持ちに戸惑っているフロルの前で、シオン皇子は咳払いをひとつしてから命じてきた。

「それではこのあと施療院に戻って、ザナン殿にその旨を伝えてくれ。きみと一緒にオルゾフを行かせるから、今後の段取りは彼にしたがって進めるように」

その後、シオン皇子の言いつけどおりに副団長と施療院に戻ったフロルが、いったんは治癒師としての仕事を休み、別のところに移りたいと願い出ると、ザナンはとても残念がった。

「そうなのか。おまえさんもせっかく仕事に慣れてきたのに。やむなしとは言え、惜しいなあ」

「本当にすみません。いきなりこんなことを言って」

「ザナン殿にはご造作をおかけしますが、騎士団のこれからの活動にミナトさんはなくてはならないひとなので」

フロルが恐縮していると、横からオルゾフがそんなふうに取りなした。

「ミナトさんが抜けたあとも、こちらへの支援はいささかも変わりません。後任の治癒師についてもすぐに手配をするつもりです」

「ああいやまあ、そのあたりはいいんだが……。まさかミナトが魔獣討伐に志願するとは、思いもよらなかったのでな」

表情を曇らせたザナンがフロルを見て言った。

「そんな真似をして、本当に平気なのかい？」

「はい。微力ではあるのですが、どうしても参加させていただきたくて」

「回復薬での協力じゃ駄目なのかい」

「僕は……詳細は話せませんが、僕にしかできない助力の仕方があって。ですから、自分から志願させていただいたのです。なんとしてでも連れていってくださいと」

フロルがひたむきな視線を向けると、ザナンはしばし黙っていたのち大きく肩を上下させた。

「おまえさんがそう言うのなら、わしもあえて止めはせんよ」

それからしょうがないなあというふうに眉尻を下げて笑う。

「住まいを移しても、いつでも院を訪ねてくればいいからな」

「はい。ありがとうございます」

「討伐隊に一緒に行くなら充分に気をつけるんだぞ。あぶないと感じたら無理はせずに後方に下がっていること」

「わかりました。そうします」

「魔獣討伐が無事に終わって、住むところに困ったら、いつでも戻っていいからな」

それへの返事をする前に、オルゾフが口を挟んだ。

「ミナトさんは団にとっては有為な人材。この戦闘が終わっても、引き続きこちらに所属してもらう方針なので」

聞いて、ザナンは目を丸くする。

「そりゃまあ、ずいぶんと見込まれたもんだなあ」

そこまで言ってもらえるならと、ザナンはこちらの肩を叩く。

「身体に気をつけて、しっかりお役目を果たすんだぞ。ほかの連中には、わしのほうから説明をしておくから」

「ありがとうございます」

心からの感謝を込めてその言葉を返したとき、院の奥からザナンを呼ぶ声がする。

「それじゃあ、またな。来たくなったらいつでもおいで」

そう言い置いて、ザナンは呼ばれたほうへ行く。

フロルは彼の後ろ姿にお辞儀をすると、オルゾフを伴って自室に向かった。

引っ越しするために自分が持っていくべき私物はささやかな日用品と着替えくらいのものだったので、それらをまとめる作業はすぐに済んでしまう。

「それでは、フロル殿。行きましょうか」

荷物の大半を持ってくれたオルゾフにうながされ、フロルはこの数カ月間はたらいてきた施療院をあとにする。

そうして彼が待たせていた馬車に乗りこんでしばらくすると、正面に座る男がほっとしたふうに言ってきた。

「気持ちよく送り出してもらえたのはよかったですな」

「はい。いきなり休むと言い出して、ご迷惑をおかけするのに」

「そのあたりはシオン様がきちんとご配慮なされると思いますよ」

ところで、とオルゾフが言葉を続ける。

「ファンガストの森に行くまであと数日です。なにか入り用なものがあれば、これから向かう屋敷の者に言いつけてくださいますかな。それと、こちらは俺にですが、なにかしてほしいことや、気になっていることはありませんか」

フロルは少し考えてから彼に応じる。

「僕はいま姿変えの魔法を自分にかけています。いまから暮らす屋敷でもそのようにしたほうがいいのでしょうか」

「それは」

オルゾフは「ううむ」と唸り、ややあってから口をひらいた。

「素のお姿で結構かと思います。フロル殿は今後優れた癒やし手として活動されるわけですし、氷晶の神子殿をシオン様が保護されていることはいずれわかることですから」

「承知しました」

「ほかにはなにかありませんか」

「いえ。さまざまにお気遣いくださってありがとうございます。討伐隊に同行することができたのも、オルゾフ殿からの口添えのお陰です。当日は、よろしくお願いいたします」

「や。こちらこそ。あなたのお力を頼みにしていますから」

そんなふうな会話を交わし、フロルはかつて訪れたことのあるシオン皇子の屋敷の門をくぐっていく。

「フロル様。ようこそおいでくださいました」

すでに話は通していたのか、姿変えの魔法を解いて馬車を降りると、黒服の中年男が玄関の前にいて、すぐさま建物の内部へと通される。

「お手数をおかけしてしまって申し訳ありません。これからしばらくお世話になります」

「こちらこそご丁寧な挨拶を頂戴《ちょうだい》しまして恐縮です。ですが、遠慮はご無用に。執事であるわたくしを筆頭に、この屋敷におります者は、すべてがあなた様の使用人でございますから」

この口上に驚くフロルをよそに、執事は「どうぞ」と丁重な物腰で二階の部屋へ案内していく。そしてそこに待機していた女たちを引き合わせた。

「フロル様。こちらの者たちが部屋付きのメイドです。どうぞなんなりとお申しつけを」

ということは、フロル専用のメイドたちがふたり。そのうえ自己紹介の挨拶を聞いてみれば、ひとりはメイド頭《がしら》のようだ。

「オルゾフ殿……」

困って、自分をここまで連れてきてくれた副団長を見返せば、彼は持ってきた荷物を室内に下ろしてしまうと「また連絡しますから。それまではおくつろぎを」などと言い置いて、さっさと部屋を出ていった。

さてこのあとはどうすればいいのだろう。当惑気味に突っ立ったままでいれば、綺麗なお仕着せを身につけたメイドたちがにこやかに告げてくる。

「さあフロル様。お茶の用意がございます。よろしければ、サロンにおいでくださいませ」

「ですが、その前にお召し替えをいたしましょうか。旦那様から伺いまして、衣装のお支度をしておりました。お好きなものが見つかれば、さいわいでございます」

つまりは用意された着替えが数着、もしくはたくさんあるわけだ。

自分はこの国では平民の身分なので、いかにも手厚すぎる待遇だと感じるけれど、シオン皇子の言いつけならばこれにもしたがう必要があるのだろう。

「ありがとうございます。それではよろしくお願いします」


それから五日後。当初の予定どおりに魔獣討伐がおこなわれた。シオン皇子が率いる討伐隊は少人数の編成でもあり、魔の森で甚大な被害をこうむる……ような出来事はまったくなかった。

「十騎程度の超小隊で、朝出かけて夕方には戻ってこられる。しかも、全員に怪我もなし。こりゃ遠乗りのお出かけと言ったら言いすぎになるのかな」

帰り道に副団長がこぼしたのも当然で、実際に魔獣と対峙していたのは拍子抜けするくらい短い時間だったからだ。隊の先頭を駆けているシオン皇子は、自分の脇に付いている乗馬

姿に目をやって、

「これもひとえに氷晶の神子殿のお陰だな」

助かったよと褒められて、フロルは眸を輝かせる。

「本当ですか。少しはお役に立てましたか」

「少しもなにも」

フードつきの白いマントを身に着けたこちらを見やり、シオン皇子は苦笑する。

「われらの出番がほとんどなかった。それくらい強力な加勢だったよ」

「そうですか？」

これも褒められてはいるのだろうが、不思議な気持ちで首を傾げる。

今日これまでに自分がやったことといえば、出陣前の騎士団員に加護の魔法をかけたこと、それに魔獣を見つけたときには魔障を祓《はら》って、元の獣に戻したくらいのものだった。

「いつもとおなじにやらせていただいたのですが。騎士の皆様が怪我をせずに済んだのは、シオン様の采配《さいはい》によるものかと」

「俺が？」

「はい。元の獣に戻ったあれらを森の奥に追いこむだけで、殺さず逃してやったでしょう」

ローラス王子のときには、獣たちを殲滅《せんめつ》するまで追い立てたから、死にものぐるいの動物たちに反撃されて、結構な傷を負う兵士たちも多かったのだ。

「ああ、あれか。魔障が解ければただの獣だ。殺すまでもあるまいと思ったからね」

危地にあっても冷静で的確な判断ができる。そういうところもさすがだなあと称賛の念が湧く。

「シオン様も、皆様も、怪我がなくてよかったです。傷は治せますけれど、受けた痛みの記憶と恐怖は心に残ってしまいますから」

いくら模擬戦をおこなっていたとしても、彼らもひとりの人間だ。それが原因で騎士団を去っていく騎士や下級兵士たちもそれなりの数になる。

無謀な采配で自分にしたがう部下たちを苦しめるのは、立派な将のおこないとは思えない。ひそかにそう考えていたフロルにとって、シオン皇子の振る舞いは尊敬と信頼に値するものだった。

「きみの言うとおりだな。そこまで理解して騎士たちに寄り添ってくれるとは。フロルはわが団の誇りだよ」

「そんな。そこまでのことはなにも」

「謙遜なさるな」

馬を寄せてきたオルゾフが言う。

「氷晶の神子殿がわれらの陣営に加わって、出陣の儀の折には加護を授けてくださった。それだけでわが団の士気がいや増しておりましたから。あの美しく高貴な光は長らくわれらの語り草になるはずです」

「だが、それだけに問題は生じたな」

向かい風に艶《つや》のある黒髪をなびかせながら皇子が応じる。

「あのときも、また討伐に当たった際にも、第二皇子の密偵が潜んでいたはず。このたびはそのつもりでフロルの存在を露《あらわ》にしたが、それだけの跳ね返りは予期せねばならないだろう」

「ははっ」とオルゾフが表情を引き締める。

「万全を尽くします」

「頼んだよ。それと、いまから翌朝までは俺に休みをくれないか」

言って、皇子は白いフードをちらと見た。すると、オルゾフが一礼し、騎馬を後方に下げていく。そのあとで、シオン皇子はあざやかな微笑みをこちらにくれて、馬上からやわらかな声音を投げた。

「副団長の同意を得たし、今夜はきみとゆっくり食事を摂らせてもらおう」

フロルが施療院から居を移したこの屋敷は、かつては貴族の別邸であったのをシオン皇子が手に入れて、皇都で活動中はこちらに宿泊しているそうだ。そのため、屋敷の全般がきちんと手入れされており、かつフロルがメイドから聞かされた話によれば、ここ最近はさらに調度や使用人を厳選させていたらしい。

「まあ。本当にお美しゅうございます」

この部屋付きのメイドたちが徹底的に髪と肌とを磨きあげ、晩餐《ばんさん》用の衣装に着替えさせてから、目を輝かせて言ってくる。

「少し、派手ではないでしょうか」

今夜のために用意されたフロルの衣装は、艶がある薄青色の生地に白い絹糸で刺繍《ししゅう》がされたものだった。シャツの袖にも精緻《せいち》なレースがほどこされ、襟《えり》にもおなじく華やかな飾りがつけられた立派な仕立てだ。

ディモルフォス王国でも見苦しくないように服装はととのえていたけれど、王子より目立ってしまうとあとで叱責されるので、こんなに美々《びび》しい衣装を身に纏うことはなかった。

「これくらいの出来でなければ、フロル様とお衣装との釣り合いが取れません。お許しあれば、もっと飾りを増やさせていただきとうございます」

「あ、いえ。ありがとう。もうこれで充分です」

礼を言って辞退すると、メイドたちの案内で晩餐《ばんさん》の間に向かう。シオン皇子は扉を入ってすぐのところで待っていて、こちらをエスコートして席まで連れていく紳士ぶりだ。

「あ、ありがとうございます」

しかし以前にも思ったけれど、これは令嬢に対するマナーで、自分にはふさわしくないのじゃないか。椅子に座らせてもらいながら彼のほうに視線をやったら、その気持ちが伝わったのか、相手が微笑みつつささやいてくる。

「女扱いをしているのじゃないんだよ。きみが俺の大切なひとだから、それに見合った振る舞いをしているだけさ」

「え……」

大切なひととはどういう意味なのだろうか。惑って見あげれば、彼はさらりと返事をする。

「きみはこの屋敷の客人だからね」

「そ、そうですか」

「そうだよ。それとも」

悪戯《いたずら》っぽい顔をして、彼が思わせぶりに言う。

「別の返事のほうがよかった？」

「あ。えっと。それは」

「冗談だよ。さあ、飲み物はなににする。酒でもそうでないものでも、好きなものを選ぶといい。俺は失礼して、ワインをいただくことにするよ」

内心あせっているこちらと違って、皇子殿下のスマートなこと。

なんというか、すごく洗練されていてとても格好いいひとだ。

食事が済んで、別室のサロンでデザートをいただきつつ、フロルはしみじみとそう思う。

さすがに派閥の対立があるむずかしい宮廷内で暮らしてきただけはある。さりげない言動のひとつひとつに隙がなく、かつ優美だ。

「……あっ」

派閥の対立。それで重大な出来事に気がついた。

「どうしたんだい？」

思わず声が洩れていたのか、彼が訝しげに訊ねてくる。フロルは持っていたカップを皿に戻してから口をひらいた。

「今日の魔獣討伐ですが、フェイ皇子殿下の密偵が潜んでいると聞いていました。それで、実際にそのような者が森に隠れていたのでしょうか」

「そうだけど。なにが引っかかっている？」

「その。暗殺とかそんな企《くわだ》てをするほどでしたら、魔獣と対峙している隙に毒矢を放ってくるくらいはあったのかもと」

なぜそこを見逃していたのだろう。もっと何重にも加護の魔法をかければよかった。

しかし、彼は紅茶をひと口飲んだあとで、淡々と言ってくる。

「可能性はあっただろうが、それは無理だね」

「どうしてでしょう」

「きみの護りが鉄壁すぎて、弓矢ごときではどうにもできないでいただろうから」

フロルはぽかんと口をひらいた。

「そうですか」

「あれ。自分でわかっていなかったの？」

苦笑を洩らしつつ彼が言う。

「あんなに堅い護りは、これまでにもおぼえがないな。密偵はいただろうが、討伐隊の様子を遠目に見ただけで、すごすごと引き下がったに違いないよ」

驚きはしたものの、同時にほっとする思いが湧いた。それでは自分の魔法は充分に役立ったのだ。

「た、助かりました……」

可能性の見落としが、このひとの危難に繋がらなくてよかった。

心底安堵していたら、長椅子の隣の席から彼が姿勢を変えて言う。

「きみは俺が思っていた人柄と少し違っていたようだ」

ドキッと心臓を撥《は》ねあげて、間近にこちらを眺めてくる彼を見返す。

「違うとは、どんなふうに？」

なにか失敗を晒しただろうか。それとも……と、もうひとつの考えに怯《ひる》んだとき。

「ディモルフォス王国の情報は、これまでにも多岐にわたって摑んできた。そのなかにはきみに関する噂もあって、それといまのきみ自身とがかならずしも整合しないようだったから」

やっぱり。聞いて、さらに身の縮む思いがする。

以前の自分とは別人のよう。それはある意味正しいのだ。いまの自分は西代湊の記憶が交じり、フロルだけの人格とはもはや言えないものだった。彼がそうやって情報集めをしていたのなら、自分に違和感をおぼえるのも当然だ。

でも、そのことを正直に明かしてもいいのだろうか。

言いたい気持ちとそれを止める気持ちとが心の中でせめぎ合う。

もしもいまからありのままを話したら、彼は信じてくれるのか。

こんな……自分には前世の記憶があるうえに、この世界が乙女ゲームの舞台であると知ったなんて。

「あの……」

彼がどう判断するのかはわからない。嘘を言うなと怒って自分を放り出すかもしれないのだ。

正直に説明するより、適当な言い訳をこしらえたほうがいいのか。

フロルは葛藤《かっとう》しつつ、最後にはこう決める。

このひとに嘘やごまかしは言いたくない。だから本当のことを言う。

だけど……結果がどうなるかは自分には予想できない。

「僕は、この国に来る直前に……ある夢を見たんです」

考えながら訥々《とつとつ》と言葉を紡ぐ。

「天啓を得たと言い換えてもいいのかもしれません。僕が見た夢の中では」

自分はまったく違う国の別人で、そこで滅茶苦茶なはたらきかたをしたあげくに亡くなった。

その彼、西代湊は学生時代にとあるゲームをしたことがある。脚本の流れに沿っておこなわれる乙女ゲームは、詳しい説明はしにくいが、そこで繰り広げられる物語を、絵や声や音楽であたかも本物の世界であるかのように楽しめる遊戯である。

そのゲームの中で、自分はヒロインの敵になる悪役を担わされ、断罪されるのが定めであった――と、そういった内容を掻い摘まんで彼に伝えた。

「いまはその夢の記憶があるので、厳密にはおなじ人間と言えないかもしれません。僕が変わったと言われるのは、きっとそのせいなのでしょう」

「つまり、きみはニシダイミナトが遊戯として楽しんでいた物語の登場人物。王国を追放されたのはその話の都合上、そういうことだね」

「はい。そうです」

「きみがその夢から目覚めても、彼の記憶がありありと残っているので、そちらに人格が引っ張られている。もしくは交ざり合っている。そのような気持ちなんだね」

「はい。そのとおりです」

「なるほどね」

シオン皇子は肩の力を抜いたあと、納得したふうにうなずいた。

「これでずいぶんすっきりしたよ」

「あの……信じてくださったのですか」

なんの裏づけも得られない、荒唐無稽なこの話を。

「もちろん。きみが嘘をついたとは思えないから」

こっちを向いて、とシオン皇子がフロルの右頰に手を添える。

「きみを疑って問いただしたわけじゃないんだ。ただ、俺が持っていた違和感の理由が知りたかったから」

理由を正直に話してくれてありがとう。近くで眸を見つめながらささやかれると、どうしようもなく心が揺れた。

なんて突拍子《とっぴょうし》もない話をするんだ。いい加減なことを言うなと叱られてもしかたがないのに。

「ありがとうございます」

声が震えてしまっただろうか。けれどもこの気持ちを言葉にして伝えたかった。

「僕を信じてくれて」

見つめ合って、そのあと彼がそっと顔を寄せてきた。

え……と驚いているうちに、シオン皇子は自分の額をこちらの額にこつんと当てる。

「きみは俺に夢の話をしてくれたね。じつは、俺にも夢があるんだ」

近すぎるこの姿勢に動けないままでいると、彼がまたささやいた。

「イベリス兄上が即位して、この派閥争いに決着がついたなら、俺は辺境に行こうと思う」

シオン皇子はフロルの頬の左側にも手を当てて、そこを包みこむようにしながら自分の想いを言葉にする。

「国の防衛の要になる領地があるんだ。そこの城を賜《たまわ》って、国の護りの最前線で暮らしたい」

つまり、このひとは辺境伯になりたいと言っているのだ。皇太子が国王になる結果なら、たとえば国の宰相になることも、最高位の公爵《こうしゃく》閣下になることも可能だろうに。

「そこは皇都から遠く離れた領地だし、綺麗な店も娯楽もほとんどないんだけどね。それでも」

シオン皇子がくっつけていた額を離し、フロルの目を見て微笑んだ。

「きみが一緒にいてくれるなら、とても楽しい毎日を送れると思うんだ」

彼の未来。シオン皇子が望む結末。将来の彼の夢に、自分も含まれている？

「すぐでなくてもかまわないけど、いずれ返事をくれるかい」

「あ……はい」

「前向きに考えてもくれるよね」

「はい」

すぐさま答えると、シオン皇子はくすりと笑った。

「即答するということは、俺を好きになったかな？」

言われてフロルはあわててしまった。

「えっと。あの」

視線を左右に揺らしたあとで、正直なところを洩らす。

「……前よりは」

「それはうれしい言葉じゃないか」

シオン皇子は「じゃあね」と軽くうながしてくる。

「いまからちょっとキスしてみようか」

「え」

どういう流れかわからない。思わず目を瞠ったら、彼がさらにその美貌を近づけて、甘い誘いを聞かせてくる。

「好きじゃないとは言いがたい、の文句に加えて、前よりは好きなんだろう。これはもう好きでもいいんじゃないのかな」

「そ、それはそうかもしれませんが」

キスしていいとは言ってない。

「俺とキスすると、もっと自分の気持ちがわかるよ。嫌ならすぐにやめるから」

じょうずに唆《そそのか》された上、安全網までほどこされ、フロルの心はぐらぐらしている。

「でも、男同士で」

「男同士だとキスしてはいけないの」

「そうじゃ、ないですが」

今世のフロルも前世の湊もその手の偏見は持っていない。

しかし、それ以上に気になることがあるのだった。

「僕はいままで誰ともキスをしたことがないんです。その……施療院であなたと顔がぶつかったとき以外には」

フロルにせよ湊にせよ、恋愛に関する経験値が絶望的に低すぎる。

このひとに呆れられてしまうのは……なんだかとても嫌なのだ。

「なんだ。そんなのを気にしているの」

しかし、彼はなぜなのかむしろ機嫌がよくなった。

「大丈夫。俺が教えてあげるから」

「そう……ですか」

それならばと思った自分はすでに彼の手のひらの上だった。けれどもいまはそのことにも気づかないまま、ドキドキしつつ目を閉じる。

「いい子だ」

ささやいて、彼がフロルの額にキスする。それから右頬、左の頬にも。

そして、唇に唇が重ねられ、最初は軽くついばむような感触であったものが、次第に深くなっていく。

「ん……っふ、う……」

キスとはこんなにも蕩《とろ》けるようなものなのか。自分の身体を震わせ、疼《うず》かせ、とろとろに溶けさせていく心地がするのか。

フロルがうっとりと男の手管に翻弄されるままでいたら、ようやく彼が唇を離してから、こちらの顎を指で拭う。その仕草で、自分が唾液をこぼしても気がつかないほど深いキスに夢中になっていたのを知り、恥ずかしさで身悶《みもだ》えしそうになってしまった。

「俺のフロルは可愛いね」

俺のと言われてますます頭に血がのぼり、目眩がするほど惑ってしまう。

「もっと、する?」

さきほどの濃厚なキスが尾を引き、返事ができないままでいれば、彼の長い指先がこちらの頬をやさしく撫でる。

「可愛い、フロル。今夜はたくさんキスしようね」

甘い響きにも、自分を見つめる紫色の眸にも幻惑されて、フロルは近づいてくる彼の唇を拒めずにいたのだった。

そして翌日。自分のベッドで目覚めたフロルは思わず頭を抱えてしまった。

昨夜のキスはとても甘く、しかしものすごく濃厚だった。あの世慣れた皇子がこうした行為にかけては、とても巧みだというのはわかる。自分など手もなく彼に籠絡されて、すぐになにも考えられなくなってしまい、ただひたすらにあのひととのキスに酔い痴《し》れた記憶しか残っていない。

最後のほうはすでに腰が抜けてしまって、自分の部屋まで戻ってくるにも彼の腕にすがらなければならなかった。そうして、メイドの手を借りて着替えをしたあと人形みたいに寝かしつけられ、そのまま意識を消したのだった。

「うわぁ……っ」

思い出せば真っ赤になって、ベッドにがばりと身を伏せる。

「あの、フロル様?」

驚いたメイドに声をかけられて、いきなり現実に引き戻される。部屋に来たことにも気づかないほど、自分は気持ちが乱れきっていたらしい。

「あ……すみません。なんでもないです」

だけど、本当はなんでもなくない。

シオン皇子は――俺とキスすると、もっと自分の気持ちがわかるよ――なんて言っていたけれど、結局ますますわからなくなってしまった。

どうしてうかうかと彼の言葉に乗せられてキスをしてしまったのか。

そのうえ、いっこうにわからないのはシオン皇子についてもだ。

確かに彼は前世の話を信じてくれたし、自分の将来も教えてくれた。かつ、その折にはフロルを連れていきたいとも言っていた。

だけど、それに恋愛的な感情が含まれているのだろうか。

まさか恋愛に不慣れなこちらを面白がって、ただちょっかいをかけただけ?

その可能性はなきにしもあらずな気がして、さらに頭を抱えたい気分になった。

「……やめよう」

この件はいったん保留。思いっきり棚上げしよう。

自分の気持ちもわからないのに、相手の感情を詮索してもどうにもならない。

だったら昨夜のことは、ひとまずどこかに置いておく。

「すみません。朝の支度をお願いします」

気を取り直してメイドに頼み、それから屋敷の主人について聞いてみる。

「あの。シオン様は朝食のお席には」

「旦那様は、早朝に屋敷を出立されました。フロル様には今日はゆっくり過ごしてくださいとの伝言を承っておりますが」

「そうですか」

このときほっとするのと同時に、会えないのか……とがっかりしたのが自分でも不思議だった。

昨日の今日で彼と顔を合わせたら、なにを話せばいいのか困る。けれども、朝の光の中で彼と目を見交わして笑い合いたいと願う気持ちもまたあった。

ふたたびあのひとと昨晩みたいに温かな時間を分かち合いたいと。

そんなことを考えてぼんやりしたままでいたけれど、メイドが窓のカーテンを引いた仕草で我に返った。

「今朝は……いい天気ですね」

「はい。朝の食事をお摂りになったら、庭を散歩でもなさいますか」

フロルはちょっと考えてから返事をする。

「それもいいですけど、洗濯日和《びより》でもありますよね」

「はい?」

メイドは訝しくこちらを見返す。

「施療院では僕も結構手伝っていたんです。大きな敷布を干すのはじょうずなほうなんですよ」

「ですが、それは」

「シオン様がおられないなら、一日時間がありますから。掃除でも、庭仕事でも言いつけてくだされば手伝います」


結局家事を手伝おうとの申し出は、ごく丁重に辞退される結果になった。

ただ、外出から帰ってきたこの屋敷の旦那《だんな》様はメイドたちからそのことを聞き、無為に過ごすのは退屈だろうと、ここの建物の中でなら薬作りをしてもいいと許しを与えてくれたのだった。

早速その翌日には騎士団員が施療院から預かった材料を運んできて、それを使って作った品を送り届ける役目を担ってくれている。

そしてその騎士団の団長様のほうはといえば、毎日忙しくしているものの夜にはかならず戻ってきてフロルとサロンでお茶を飲む。

あの晩のキスの一件が頭にあるから、あれからしばらくは落ち着かない気持ちでいたが、以前と態度が変わらない彼のお陰で気分も次第に平静になり、なごやかな時間をふたりで過ごせていた。

この日もフロルが夕食を終えたあとに帰ってきて、一緒に別室へと移動する。

「お食事はお済みでしょうか。もしもまだのようでしたら、ここで待っていますけど」

「ありがとう。兵舎で適当に済ませたよ」

メイドが運んできた紅茶と菓子の皿を前に、ふたりはあらためて互いの顔を見合わせる。

「おかえりなさいませ、シオン様。今日もお疲れさまでした」

ねぎらう言葉を口にすると、端正な男の顔がほころんだ。

「きみのほうもね。きみの作った回復薬は大人気で、第一騎士団員も皆欲しがっていると聞いたよ」

「それは……その。いつの間にかそういうことになってしまって」

当初は施療院の患者用と、第三騎士団への納入分だけ作っていたが、この屋敷に閉じこもった格好の自分には、なにしろ時間がたくさんあった。それでせっせと薬を量産していたら、皇太子殿下の旗下にある騎士たちまでが回復薬を欲しがるようになったのだ。

どうやら兵士や騎士たちのあいだで、その効能が口づてに広がったのを、第一騎士団員が噂で耳にしたらしい。

「だからといって、根《こん》を詰め過ぎるのも感心しない。このところ、休憩なしに作業をしているそうじゃないか」

「……すみません」

しゅんとしてうなだれると、彼は目を細めながらこちらの頭を撫でてくる。

「怒ったんじゃないんだよ。きみは生真面目《きまじめ》な性分だから、ついつい無理をしていないかと思ったんだ」

「ご心配をおかけして申し訳ありません。きっと悪い癖なのでしょう。なにか仕事をしていないと落ち着かなくて」

すると、彼は自分の顎に手をやりながら「なるほどね」とつぶやいた。

「働き者のきみだからね。呑気《のんき》に昼寝をしていろと言うのも酷か」

ただし、と子供に言い聞かせる調子で続ける。

「くれぐれも根を詰めすぎないように気をつけて。夜にこっそり起きてきて、薬作りをするのはなしだよ」

あ。バレていた。フロルは頬を赤くして頭を下げる。

「すみません。今後は充分気をつけますが……」

どうしよう。やりすぎを叱られて、このうえにあれを出したらきっともっと怒られる。

でも……断られるかもしれないけれど、せっかく作ったものなのだし、ひと目見てもらうだけでも。

「えっと。こんなものがあるのですが」

言いつつ立ち上がり、前もって部屋の隅に用意していた品物を取りに行く。

それからソファのところに戻り、手にしたものを差し出した。

「これは？」

「サシェです。この庭に咲いていた花と薬草を乾燥させて入れました」

「もしかして、きみの手作り？」

「はい。施療院で病人の枕元に置いておくと、よく眠れると言ってくれて。痛みをやわらげ、不安を鎮める効果もあるので」

言いさして、ちらりと彼の様子を窺う。相手はあっけに取られているようにも見えたから、にわかに不安になってきた。

「すみません。出過ぎたことを」

持ってきた荷物の中にガーゼの切れ端があったから前の調子で作ってみたが、いざ彼に贈る段になってみると、いかにも見すぼらしい感じがする。

フロルがすっかり気後れして引っこめようとした瞬間、彼が手首を摑んで止めた。

「俺のためにわざわざ作ってくれたんだ？」

言いながら、こちらの両方の手首を持ち上げ、そこに顔を伏せていく。

「シ、シオン様……っ」

あせるフロルの目の前で、彼はそれに鼻を近づけ、ややあってからフロルの手はそのままに顔を上げた。

「いい香りだ。きみから時折感じていたのはこの香りだったんだね」

ありがとう、とにっこり笑ってくれるから、なんだか滅茶苦茶に気恥ずかしい。

「こちらこそ受け取ってくださってありがとうございます」

ドキドキしながらも、なんとか彼に返事をする。

それからふたりでいつかのように目を見交わして微笑み合った。

「きみはいい子だね」

「そんなこと……」

「本当さ。そんなきみを外に出さなきゃいけないのは残念でたまらないね」

彼の言葉にあれっと思った。

「外に、とはなんでしょう」

シオン皇子がさきほどまでの微笑みを消して告げる。

「五日後に皇宮で祝賀会の予定があるんだ」

フロルが黙って続く説明を待っていれば、彼がふたたび口をひらいた。

「イベリス兄上たち、つまり皇太子夫妻による懐妊披露の祝賀会だ」

そういえば、昨年この国の皇太子殿下は、妃《きさき》を娶《めと》っていたはずだ。確か、自国の宰相令嬢。

ディモルフォス王国からもご成婚の典礼には祝いの品々をたずさえて公爵閣下が出席していた。

皇太子殿下が結婚後に初めての御子が生まれる。そのような慶事があるなら、祝賀会も盛大におこなわれることだろう。

「これがどういうことなのかわかるかい？」

フロルは少し考えてから、こうではないかと言ってみる。

「この件はおめでたい行事以上に、政略的な転換点になりうる、そういうことなのでしょうか」

皇太子妃がお世継ぎをもうけたら、皇太子派はフェイ皇子派に大きく差をつけるだろう。

「当たりだ」

よくできましたというふうに、彼が頭を撫でてくる。

「戦略上の分岐点だ。きみはじょうずにこの出来事の本質を摑んでいるね。俺もこの祝賀会には出席する予定だが、さてなにが飛び出すか」

皮肉っぽく洩らしながら、この国の第三皇子である彼は片頰だけで笑んでみせる。

「シオン様は、なにかが起こるかもしれないとお考えなのでしょうか」

「考えならいくつもあるさ。そのどれが出てきても困らないようにはしたつもりだが」

彼は言って、フロルの顔を見ながら微笑む。

「心配してくれるのかい」

「はい。もちろん」

それは当然なので、真剣な表情でうなずいた。

「僭越な考えですが、その祝賀会で僕がお側にいられたらと思います。もちろん、なにかのお役に立つわけではないのですが。万が一、不測の事態が起きたときに防御の魔法が間に合えばと」

もしもそのときには、なんとしてでもシオン皇子を護るつもりでいるのだが。

知らず唇を噛んでいたフロルの前で、感情の読めない顔をして彼が言う。

「それならきみの望みどおりになるだろうね。きみもその祝賀会には招かれているようだから」

さらっと告げられた内容に意表を突かれて眉をあげる。

「本当ですか」

「皇帝陛下のお召しだよ」

それなら出席は絶対だ。

「だけど、どうしてなのでしょう。僕ごときの存在が陛下のお耳に入るなんてありえないかと」

「自覚はないだろうが、この国の宮廷できみは結構な有名人だよ。魔獣討伐の功績がすでに広まっているからね」

そう告げた彼の気配にひやりとしたものを感じて、フロルは肩をすくめてしまう。

「その……もしかして、なにか怒っておられますか」

「いや。どうして？」

「僕が変に目立ってしまって、そのためにご面倒をおかけしているのではないでしょうか」

そもそもシオン皇子はフロルの存在を隠しておこうとしていたのだ。それをこちらが無理にも随伴すると言って、我儘をつらぬいた。そのせいで、このひとにまで迷惑がかかっているのだとしたら、悔やんでも悔やみきれない。

「すみません」

青くなって頭を下げる。

「僕のせいです。来なくていいとおっしゃっておられたのに、勝手な振る舞いを通しました」

「そうじゃないんだ」

やさしく聞こえる声音で彼が告げてくる。

「怒っているふうに思えたのなら……そうだね。俺が焼《や》き餅《もち》を焼いただけさ」

「あの、すみません。それはどういうことですか」

聞き違いをしたかもしれない。戸惑って問い返せば、彼はひとつ肩をすくめる。

「懐妊披露祝賀会では、おそらくきみは周囲の関心を集めるだろうね。それが面白くないなって、子供じみた考えさ」

会で目立つのが面白くないのだと、このひとが焼き餅を？

どう取っていいかわからず、迷ったあげくにおずおずと切り出した。

「陛下の思し召しならば行かないわけにはいきませんが、極力人目を引かないようにしますから」

聞いて、彼は低く唸ると天を仰いだ。

「人目をね。まあ、できれば範疇《はんちゅう》でお願いするよ」

それからフロルに視線を戻して、苦笑しながら頭をぽんぽんと叩いてくる。

「そんな天然なきみが可愛いということで」

これは完全に彼の手のひらで転がされている。そうとわかって、けれどもフロルには彼に対抗するすべがない。

このひとは優美に見えるが、きわめて冷静な思考をする。すらりとして美しい容姿の反面、剣を取っての闘いはしたたかで隙がない。外側で見せる部分と、その内側に秘められた彼の本質。それを感じるたびに、フロルはもっと彼のことを知りたいと願ってしまう。

「この頭の中でなにを考えているんだい」

つむじの上に手を置いたまま彼が言う。

「たいしたことではないのです。ただ、僕は」

迷って、結局口をつぐんだ。

「きみは、なに？」

先を言えと彼がうながす。突っこまれて、あせったフロルは言わずもがなを口にした。

「シオン様をもっと知れればと考えました」

「そう？　俺のどんなところが知りたい？」

具体的に示せと言われて、たちまち返事に困ってしまう。

「どこがと言われても……ええと、色々です」

「その色々の内訳は？」

そこをきちんとしゃべらないと、どうやらこの話題から解放されないみたいだった。

フロルは頭をひねったあげくに、質問のかたちでの答えを返す。

「あのう……さっきおっしゃった魔獣討伐の件ですが、シオン様こそ目立った功績がおありなのに、やはりいずれはこの国の宮廷から身をお引きになるのかな、とか」

「うん。そのつもりだよ」

次は、とせかされて、またも無茶ぶりに応えざるを得なくなる。

「どうしてさきほどは焼き餅を焼かれたのかと」

「それはきみを独り占めにしておきたいから」

「どうして独り占めにしたいのですか」

なにか戦略上の都合でもあるのだろうか。それとも……と思っていたら、ふいに彼がこちらの頬に触れてきて、間近から見つめてくる。

「そこのところをくわしく知りたい？」

その瞬間、フロルの心臓が跳ねあがった。

「あ……」

「俺がきみをこの屋敷に囲いこんで、誰にも見せたくない訳を聞きたい？」

紫色の双眸《そうぼう》があざやかな輝きを発している。美しいけれど危険なその色に飲まれそうになってしまって、すぐには声が出せなかった。

どうしよう。「はい」と言ったら、なにが起きてしまうのだろう。

聞きたくないと答えればいいのだろうか。でも……。

やっぱり知りたい。このひとがなにを求めているのかを教えてほしい。

迷う気持ちが彼から視線を外そうとして、しかし頬に当てられているその手がそれを許さない。無意識の行動でフロルが目を閉ざしてしまうと、一拍置いて唇になにかが触れた。

「……っ⁉」

驚いて目を見ひらくと、彼はすぐに顔を離し、しかし頬に添えた手は外さずにそこをやさしく撫でてくる。

「フロル。きみは可愛いね」

あらためて彼の腕が伸びてきて、やさしく身体を抱き寄せる。

「きみは一途《いちず》で純真だ。世間ずれしていないところも愛しい」

耳元でささやかれ、甘さと息吹《いぶ》きの双方に思わず背筋が震えてしまう。

「他人のために一生懸命になれるひと。そんな姿を間近で見るたび、俺はきみに惹かれていったよ」

フロルの指に彼が指を絡めてきて、しっかりと握られる。

「これほどまでに可愛いきみはどこの誰にも見せたくない。俺だけが知っていて、誰にも教えてやりたくない」

ふたたび唇についばむようなキスを落とされ、どこかに連れて行かれるような心もとなさに見舞われる。

「俺が怖い？」

問われて、フロルの薄青色の眸が揺れた。

「それとも平気？　俺のことが好きになった？」

ほら言ってごらん、と彼がうながす。

唾をこくんと飲んでから、おずおずと切り出した。

「あの……全部、かもしれません」

「そう。いまだに『かもしれない』んだ」

微苦笑を彼は浮かべ、けれどもフロルを自分の胸から離さない。

「だけど、俺にキスを許してしまうくらいには好きだよね」

「それは……でも」

「でもはなし。嫌なら俺を殴っていいよ」

殴るなんて、そんなことができるはずない。そのうえ、彼が言ったとおりにキスを許してしまうほどには、自分はこのひとが好きなのかもしれなかった。

「ねえフロル。抵抗しないならキスするよ」

やっぱり動けないままでいると、彼の唇が次第に近づき、それでもあらがえないでいたら、そっとやわらかな感触が押し当てられる。

最初は軽くはじまった男のキスはすぐに深いそれへと変わり、経験の足りないフロルはなすがままにされるだけだ。

目を閉じて、自分の口腔《こうこう》をくまなく探られ、唾液をすすられ、舌を吸われる激しいキスに打ち震えていたときだった。

「……あ」

彼の手があらぬところに触れてきた。反射でのけぞって逃れようとしたけれど、背中を腕で固定された格好では、その試みは虚しく終わる。生地の上からその部分を撫でられて、ぞくっと身体が跳ねてしまった。

「反応してる」

「あ……待って、ください」

「触れるだけだよ」

簡単そうに言うけれど、フロルは他人にそんなところをさわられたことなどない。身をすくめて困っていたら、彼が頰を寄せてきて良い響きの声を聞かせる。

「俺をもっと知りたいんじゃなかったのかい」

「そ、それは、そうですが」

「こうして触れ合えば、互いのことがよくわかる」

そうなのだろうか。惑っていたら、駄目押しが来る。

「俺はきみのことが知りたい。どうかそれを許してくれ」

そう言われたら突っぱねられず、困惑しながらうなずいた。

「いいんだね」

「あ……はい」

なにか言質《げんち》を取られたような気がするが、有無を言わさぬ雰囲気に押し切られる。

「じゃあもっと身体から力を抜いて」

そしてこちらに。きみの片脚は俺の膝にと、言われるままの体勢になる。

「うん。たいへんよくできました」

楽しそうに告げたあと、彼が唇についばむような口づけを落としてくる。

褒められてうれしいが、股《また》を大きくひらいたうえに、自分の脚を彼の膝に乗せるのはかなり行儀が悪いのじゃないだろうか。それ以上に、この姿勢は恥ずかしくてならないのだが。

そう思ったフロルだったが、これからもっと恥ずかしい想いをするとはこのとき予想もできなかった。

「ふ、う……っ」

ソファに座り、互いに向かい合った姿勢で、彼がその部分に触れてくる。キスをされながらのそこへの愛撫《あいぶ》はもじもじしてしまうほど居た堪《たま》れない気持ちになるが、まもなく気まずさを吹き飛ばすような事態が起きた。

「あっ。シ、シオン様」

彼がズボンのボタンを外して、下着の中に手を入れてこようとしたのだ。

「だ、駄目ですっ」

直接そこをさわるなんて、このひとの綺麗な手が汚れてしまう。

「どうして駄目?」

「だ、だって。汚いです……っ」

「大丈夫。きみのここは綺麗だよ」

ほら、と下着からフロルのそれを掴み出す。ちらりと見た自分のそれは、あきらかに反応していて、もうどうしていいかわからない気持ちになった。

「さわっては、駄目です」

見てもいけません。泣きそうになりながら必死になって訴えたのに、彼はちっともやめてくれない。どころか、ズボンのボタンをすっかり外してしまい、着衣を下着ごと引き下げる。

「あっ、あ、やぁっ」

男の手によって露にされたフロルのそれは、縮こまってしまうどころか、はしたない状態になっている。

角度をつけて、赤くなっている軸は、彼の手で擦《こす》られるたび、さらに大きくなっていく。

「や。駄目です、嫌っ」

「俺にさわられるのは嫌？」

嫌なのかどうなのかはわからない。ただものすごく恥ずかしい。

「俺はきみを困らせている？」

こんなふうに返事をさせるのはずるいと思う。そうされると「違います」と首を振るしかなくなるから。

「じゃあもっと気持ちよくしてあげるね」

案の定、いきおいを得た彼はフロルのそこを擦ったり、扱《しご》いたり、先のところをくちゅくちゅと音がするまでいじったり、本当にフロルが自分ではしたこともないくらい徹底的にさわりまくる。

「いや……もう……そんなにされては、や……っ」

気持ちもいいけれど、なによりも刺激が強い。

自分でおこなうときは、必要なぶんだけのささやかな摩擦だった。それが、こんなにいやらしく、かつ激しい愛撫をほどこされて、これが現実のことだとも思えない。

「これほど感じているのにね。慣れていないと達《い》くのもじょうずにできないのかな」

「い、や……っ」

そんなふうにこちらの状態をあからさまにしないでほしい。

「も、いた……痛いです」

たくさん擦られてしまったそこがひりひりしていた。快楽の水位はすごく上がっているのに、その痛みが邪魔をして到達できないのかもしれない。

もうここまでで許しくださいと頼もうとしたときに、彼がそこから指を離した。

「あ……っ」

名残《なごり》惜しさと、ほっとしたのが半々だった。

お、終わった?

フロルが自分の脚を男の膝から下ろそうとして、けれどもその前に彼が動いた。

「え。あ……な、なにを」

彼がソファから滑り下り、床に膝をついたのだ。意表を突かれて呆然《ぼうぜん》とするこちらの前に座りこむや、膝頭《ひざがしら》を手で摑んでひらかせる。

「あっ」

反動でそっくり返り、まっすぐ座っていられずにソファの背もたれにぶつかった。

な、なにが……っ。

どんな状況かわからない。もがくようにして背筋を伸ばそうとしたときは、彼がこちらの中心に身を伏せていた。

「や、あっ」

あろうことか、シオン皇子はフロルの性器に唇を当てている。どころか、それを口中に含んでしまった。

「だ、駄目っ」

座った姿勢であわてて後ずさろうとして、細い肩がビクンと跳ねる。

彼が先端を思いきり吸ってきたのだ。しかも、それだけでもありえないと思っているのに、彼はフロルの軸を咥《くわ》え、自分の口腔で扱くように摩擦してくる。

ねっとりとしたなんともいえないその感触と、見た目のあまりの刺激の強さに、フロルは目眩を起こしてしまう。

「あ……や……ん、んっ……」

たまらずに自分の顔を手で覆い、それでも指のあいだから見ることはやめられない。

「や……こんな」

凜々《りり》しくも高貴なひとが、自分のあんなところを舐《な》めて、咥えて、吸っている。これまでなら想像もできないような光景に、頭の中が煮えそうだ。

もう無理。とんでもないし、申し訳なくて、泣きべそをかく寸前で。なのに、自分の身体はどんどん気持ちよくなっていく。

「う……うぅっ……う、あっ」

ぬらぬらと軸に舌を這《は》わされたあと、濡《ぬ》れそぼった先端は尖《とが》らせた彼のそれで突《つつ》かれる。すごく悦《よ》くて、感じてしまって、どうにもならない。あとちょっとで達くかもしれないと思った刹那に、彼がそこから口を離して、こちらの顔を見あげてきた。

「これなら達けるかな」

上目に投げかけるそのまなざしの艶《なま》めかしさ。真っ赤になったフロルの軸の先端から、滴《しずく》が溢《あふ》れてたらたらとこぼれ落ち、その感触にも震えるほどの快感をおぼえてしまう。

「も……駄目ぇっ」

男の身体を自分の両腿《りょうもも》で挟みこみ、恥ずかしいその場所を剝《む》き出しにして、フロルは快感に身悶える。

「い、達きます、から……っ」

どうか口を離してください。そのつもりで訴えたのに、彼は「うん。達って」と言うなり、先のところに歯を当てて甘咬《あまが》みしてきた。

「あ、あぁっ……」

強い刺激にたまらずフロルは精を放つ。

自分の身体の中心からなにかがすごいいきおいで抜け出していくような、同時に光の束が自分の頭上からまっすぐ落ちてきたような、激烈な感覚がフロルの理性をこなごなにしてしまう。

あえかな叫びをあげるフロルの目の前は白い靄《もや》に覆われて、やがてなにも見えなくなった。


「それでは鏡をご覧ください」

衣装部屋で着付けをしてくれていたメイドたちが、壁の前へとフロルをみちびく。

「まことによくお似合いでございます」

「本当に。月光の精もかくやと存じます」

今夜のためにシオン皇子が用意してくれたのは、純白の生地の上に銀の糸で刺繍《ししゅう》された夜会服だ。上着には精緻《せいち》な刺繍ばかりではなく、宝石の粒が縫い取りされている。シャツはフリルがふんだんに使われた白絹で、襟《えり》飾りには大きな月長石《げっちょうせき》が使われていた。

「こんなに立派なものを」

これほどの仕立ては、皇族が着るのにふさわしいものだ。自分にはもったいないと思うけれど、これを贈ってくれたあのひとの心遣いはうれしかった。

「シオン様は」

一緒に出かける相手の支度はどうかと聞けば、にっこりしながらメイドが応じる。

「階下でお待ちでございます」

もう済んでいる？　しかも待たせてしまっているのか。

これはいけないとあせりつつ、衣装部屋から扉に向かう。

「フロル様。大丈夫でございます。こういうときの殿方は待つのも楽しみでございますから」

背後からメイドがそう取りなしてくれるけれど、この屋敷の居候《いそうろう》の分際で彼を待たせるのはどうかと思う。

できる限りの早足で廊下を進み、その先のホールにつながる大階段を急いで下りる。そしてそのあと踊り場でホールの正面に向き直ると、階段を下りきったところに佇《たたず》む彼の姿が目に入る。

「わ……」

シオン皇子は漆黒の夜会服に身を包み、こちらのほうを見あげている。

彼の衣装は艶《つや》のある黒い生地に金糸で刺繍がされていて、黒髪の彼を美しく引き立てていた。白いシャツの襟飾りには大粒の紫水晶《むらさきずいしょう》。それが彼の眸《ひとみ》の色と相まって、華やかで凛々《りり》しい彼の魅力を存分に見せつけている。

「フロル」

しばし棒立ちになっていたら、彼が目を細めて呼ぶ。

「おいで」

フロルは大階段をゆっくりと下りていき、真下で待ち受けていた彼の手を取りホールへといざなわれる。

「今夜もとても綺麗《きれい》だね。思わず見惚《みと》れてしまったよ」

「ありがとうございます。シオン様から頂戴《ちょうだい》しました夜会服のお陰です。それと、長らくお待たせしてすみません」

「いや。きみが階段から現れた瞬間に、待つ甲斐《かい》があったと実感できたから」

フロルのほうもひときわ素晴らしい彼を見て、ドキドキしているのだけれど、そのなかには別の種類の落ち着かなさも含まれている。

——これなら達《い》けるかな。

そう言った彼のまなざしが頭から離れない。

あの晩、彼に達かされたあと、そこそこに長い時間放心していたようで、気がつけばベッドに運ばれて寝かされていた。

そして、そのあとの五日間は回復薬作りの傍ら祝賀会の支度に追われ、彼のほうも忙しいのか屋敷には一度も戻ってこなかった。

つまり、あんなことがあってから初めての顔合わせで、差し向かいで馬車に乗っているときもそわそわしてしかたがなかった。

「宮廷に行くのが心配？」

フロルの動揺が伝わってしまったのか、彼がそう聞いてくる。

「あ、いえ。その」

心配なのもあるけれど、いま気にしているのはそれとは別だ。

あんな行為をされてしまって、ふたりのこの関係をどう思っていいのかがわからない。

まさかとは思うけれど、このひとが自分のことを好きだから触れてきたのか。

あの晩からそうした考えが何度も心をよぎったが、そのたびに打ち消した。

だって、多少の好意はあるだろうが、さすがに恋愛感情を持たれているとは考えられない。

彼が皇族で、しかも男であるという以上に、その根拠が見つからないのだ。

――他人のために一生懸命になれるひと。そんな姿を間近で見るたび、俺はきみに惹《ひ》かれていったよ。

あのとき彼は確かにそう告げてくれた。思い出すと胸の鼓動は速まるけれど、結局彼は自分のことを好きだとは言わなかった。

ちょっと度を越した独占欲。可愛がっている犬かなにかと同程度。そんなことだって充分考えられるのだ。

「大掛かりな祝賀会である反面、ごった返しているからね。イベリス兄上たちにお目にかかって挨拶したら、潮を見て早々に切りあげよう」

「はい。わかりました」

まだ物思いに沈んでいたため、反射的に首肯する。それから正面にいる彼の様子を窺《うかが》った。

直後に（あれ？）と違和感が湧く。

いつもならこのひとはこちらと目が合ったときには微笑《ほほえ》んでくれるのに、いまはさりげなく彼のほうから視線を逸《そ》らした。

どうして……？

フロルの動揺が伝わったのか、相手はふたたび顔を戻して「なんだい？」と聞いてくる。

「いいえ。なんでもありません」

そう言うフロルの胸中にはさざ波が立っている。

もしかして、このひとは自分の行為を後悔している？

やはり失敗したと思っていて、あの出来事を消し去りたいと考えた？

そんな思考が浮かんでくれば、心は千々《ちぢ》に乱れてしまう。

だけど……いまはそれどころじゃないだろう。

うつむいて、ざわつく心を必死になだめる。

いまはともかく目の前の祝賀会に集中せねば。その場で失敗を晒したら、このひとの失点になる。

自分に強く言い聞かせ、表向きの平静さを取り戻す。そうしてあらためて姿勢を正すと、窓の外を眺める体《てい》をつくろった。

それからしばらくはお互いに黙ったままの時間を過ごし、やがて皇宮の正門をくぐったときに、彼がまた口をひらく。

「祝賀会の退出に先立って、俺は貴族連中からの挨拶を受けなければならないけれど、その折にはできるだけ離れた場所にいてほしい」

「それは……はい。そうします」

自分がこのひとの連れだと知られたくないのだろうか。もっともこちらはいわくつきの身の上であり、それも当然かと思うけれど。

「そうじゃないよ」

フロルの思考を察したのか、彼がそんなことを言う。

「いちおうの安全策。きみにはオルゾフを付けておくから」

「オルゾフ殿を？　ですが、シオン様の護衛騎士は」

「なに。場所はウィステリア皇国の宮廷内だよ。めったなことがあるわけじゃない」

そうなのだろうか。なにもないと言うのならば、どうしてご自身の乳兄弟《ちきょうだい》であり護衛騎士の筆頭をこちらの側《そば》に付かせるのか。

「シオン様」

「質問はなし。その代わり、屋敷に戻ったらきみが聞くことにはなんでも答える」

だけどなんだか……嫌な予感がしてしまう。

もう少し食い下がれば、なにか教えてくれるだろうか。

そう考えはしたけれど、優美な微笑みを見せているいまの彼には食いこむ余地はまったくないし、しつこく問いただせるような立場でもない。

結局フロルは胸騒ぎをおぼえながら馬車が到着するのを待ち、やがて彼のエスコートで停止したそこから降りる。

「これはお美しいですな」

宮殿内にいたる石造りの階段前で、脇に付いてきたオルゾフが言う。彼は馬車に随行して自分の馬に乗ってきたのだ。

「シオン様と好一対で、おふたりともに目映《まばゆ》い光に包まれているようです」

感心しきりといったふうな口ぶりだった。

「とんでもないです。シオン様と好一対など」

「なんの。ご謙遜《けんそん》」

オルゾフは磊落《らいらく》に笑ってみせると、おもむろに表情を引き締める。

「さあて。戦地に突入です。おのおのご覚悟はよろしいですかな」

フロルは思わず背筋を伸ばしてしまったけれど、隣を軽やかに歩く男は「やめないか。フロルが緊張するだろう」と苦笑しつつたしなめてくる。

「フロル。あんなことを言うやつを相手にしては駄目だからね。用事が済んだら屋敷に戻って、一緒に美味《おい》しい紅茶を飲もう」

そうしてさりげなく手を握り、一瞬だけ力を入れてまた離す。

「さて。俺のフロルを皆に見せびらかしにいこうか」

「シオン様……」

せっかく精一杯に気持ちを平静に保とうとしていたのに。

彼に手を握られた上、俺のなんて言われれば、いとも簡単に心が騒いでしまうのだった。


そうして祝賀会場に入ったフロルを待っていたのは、人々から浴びせられる視線だった。

てんでに注がれる興味本位のまなざしは、しかしフロル自身には馴染《なじ》み深いものであり、それ自体で臆するようなことはない。良い悪いは別にして、慣れた宮廷の空気を吸えば、氷晶《ひょうしょう》の神子《みこ》時代の表層が自分を覆う。フロルはなめらかな足取りでシオン皇子の後から会場を進んでいくと、いちばん奥にある謁見《えっけん》の間にたどり着いた。

「フロル・ラ・ノイスヴァインにございます。イベリス皇太子殿下、ならびに妃殿下にはご機嫌麗《うるわ》しゅう存じあげます」

「おお。そなたが氷晶の神子殿か」

シオン皇子に引き続き、マナーどおりに礼を取ったフロルを見て、一段高いところに座った皇太子が声をかける。

「今宵はよくぞまいられた」

「このたびのご慶賀、心より言祝《ことほ》ぎ奉《たてまつ》ります。ウィステリア皇国、また皇太子殿下ご夫妻におかれましては、幾久しくの弥栄《いやさか》となられますよう。卑小の身ながら妃殿下のご清栄を祈念させていただきたく存じます」

「フロル殿の丁重な挨拶に感謝する」

晴れやかな笑顔を向けてくる皇太子は金髪の美丈夫《びじょうふ》で、まだ若いのに堂々とした貫禄がある。その隣の皇太子妃は、腹部が目立たないドレスを着て、おっとりと微笑んでいた。

「わが弟シオンからそなたのことは聞いている。先だっての魔獣討伐の折には、目覚ましい活躍をされたとか」

「過分なお言葉を頂戴し、恐懼《きょうく》のいたりにございます。その折の成果は、ひとえにシオン

皇子殿下と、殿下が率いる騎士団の皆様の武勇の賜《たまもの》と存じます」

「そうか」

イベリス皇太子は機嫌よくうなずいたあと、親しみのある口調に変えた。

「わが宮廷はフロル殿に広く扉をあけています。今宵はどうぞゆるりと楽しんでいってください」

「かしこまりました。皇太子殿下のご厚情に篤《あつ》くお礼を申しあげます」

それで、ひととおりの挨拶は終了し、彼らの御前をシオン皇子とふたりで下がる。

素直な気持ちを隣の男に小声で告げる。すると、彼は面白がっているふうに、

「……緊張しました」

「あちらも結構気を張っていたみたいだよ。きみの気高《けだか》さに見劣りしては困るからね」

「え……それはまさか」

冗談でなごませてくれたお陰でいくらか肩の力が抜けて、ごく自然な笑みが浮かんだ。と、いきなり彼がむずかしい顔をする。

「そんなふうに無防備な笑顔を見せない」

「あ。すみません」

気を抜きすぎて、失礼になっただろうか。あわててあやまると、彼が「う〜ん」と自分の顎に手をやった。

「いや、いまのはなし。もったいないと思っただけで、きみを萎縮《いしゅく》させるつもりではなかったんだ」

「もったいない？」

「まあね」と肩をすくめてみせる。

「その笑顔を他人に見せるには惜しいから」

どう応じればいいのかと、返す言葉に困っていると、横からオルゾフが割りこんで、

「シオン様はなんとも心が狭いお方だ。さきほどおっしゃっていた見せびらかしはどうしました」

そんなからかい口をする。皇子はむっとした顔をしてオルゾフにやり返した。

「狭い了見で悪かったな。なんと言われても、嫌なものは嫌なんだよ」

交わされる会話の内容はともかくも、このふたりが気のおけない仲とはわかる。邪魔をしないよう彼らの脇に控えていたら、遠巻きにしている人々のあいだを割って、数名の男女がこちらに歩み寄ろうとするのが見えた。

「おっと、仕事だ。きみたちは離れていてくれ」

「委細承知」

オルゾフはそう応じると、姿勢を変えてこちらのほうに向き直る。

「それではフロル殿。あちらで飲み物でもいただきましょうか」

前もって言われていたとおりにシオン皇子とはここで別行動になり、フロルたちは招待客の少ない場所に移動する。

この位置からは遠目に黒髪の長身が見えるから、もらった飲み物のグラスを手に彼を眺めることにした。

「シオン様とお話しされているあのお方は？」

背後に控えるオルゾフに聞いてみると、すぐに返答が戻ってくる。

「あれはマリアーノ侯爵《こうしゃく》閣下でございますな。皇太子派のお方です」

その隣は侯爵夫人。そのまた隣は皇都に近い領地を持つ富裕な伯爵《はくしゃく》と教えてくれる。

有力な貴族たちと会話を交わすシオン皇子は終始優雅なたたずまいで、周囲の人々をくまなく惹きつけているようだ。その様子を眺めていると、ふっとオルゾフに聞いてみたい思いが湧いた。

「シオン様は魅了の力をお持ちですが、このような社交の場ではそれをお使いになるのでしょうか」

「いやまったく」

返ってきたのは完全否定の言葉だった。

「こうした場所で、シオン様がそのお力を使われることはございませんな」

ちいさな声でオルゾフが続けて言う。

「シオン様は生来あの力をお持ちですが、それゆえにご苦労もなされてきました。魅了の力はめずらしく、またその性質《たち》が災いして、まるで妖術かなにかのように恐れる者もおりましたから。また反面、シオン様が力を使っていないのに、そのせいで魅了されたと迫ってくる手合も多く」

複雑な心持ちでフロルはうなずく。

「そうなのでしたか」

「なんとも迷惑な話ですな。シオン様もあれにはうんざりしているご様子でしたから」

それを聞いて、心の中が大きく揺れた。

いまオルゾフが教えてくれた内容によるならば、シオン皇子は言い寄る人々には事欠かないし、魅了されたと迫ってくる連中にも食傷気味であるらしい。

それならば、自分が彼に達かされたあのことだって――少しばかり羽目を外した触れ合いがあったくらいで、いちいち本気になられても迷惑だ。あの晩に起きたことは、しょせん気まぐれの範疇《はんちゅう》だった――とでも？

それが彼の思いであるとは考えすぎかもしれないが、ここに来るまでの馬車の中で彼が視線を逸らしたことが尾を引いている。

もしかすると、あの晩の出来事を、彼は不都合なものだったと考えているのだろうか。

「どうされました。ご気分がすぐれませんか」

「いえ、なんでもありません」

なんとか気を取り直し、自分を心配するその声に返したとき、会場のどこかで大きな音がした。

「フロル殿。お下がりを」

オルゾフが腰の剣に手をかけながら、素早くこちらの前に出てくる。

「なんでしょうか」

自分の身体《からだ》でフロルをかばうオルゾフは答えない。どうやら会場の一角に騒ぎが生じているらしく、しかもそれはどんどん近づいてくる。

何事かとざわめく客たちを押しのけるようにして現れたのは、赤褐色の髪をした若い男と、その背後につき従う武装した騎士たちだった。彼ら騎士の先頭に立つ若い男は、シオン皇子とおなじくらい長身で、横幅はさらに広くがっちりした体型だ。

「いったいなにが」

この若い男の身なりから察するに、相当高位の貴族のようだが。

祝いの場にはふさわしくない、どころか披露会そのものをぶち壊しにしかねない暴挙を、誰も咎《とが》めはしないのだろうか。

まるで……この状況はディモルフォス王国でかつてあった、学園の卒業式の日のようだ。

会場に乱入してきた場違いの騎士たちを目に入れると、嫌でも自分が断罪されたあのときを思い出す。

フロルが背筋に寒気をおぼえて立ちすくんだままでいると、騎士の一行を背後に置いた若い男は、人さし指を突きつけながら荒い声を投げかける。

「シオン。貴様、よくもこの俺を殺そうとしたな！」

名指しされたシオン皇子は表情を変えなかったが、周りにいた貴族たちは全員顔を強張《こわば》らせる。そしてさらに赤褐色の髪の男が近づくと、第三皇子を取り巻いていた人々は大慌てで離れていった。

独りだけその場に残ったシオン皇子は、涼やかな声音で返す。

「フェイ兄上。そのように息せき切って、いったい何事でございますか」

では、あの男が第二皇子のフェイなのか。皇太子派の反対勢力の旗頭《はたがしら》であり、シオン皇子を目の敵《かたき》にしているという。

フェイ皇子は本心からそうなのか、それともそのように演じているのか、憤懣《ふんまん》やるかたないといったふうな表情だ。

「なにをぬけぬけと！　しらばくれてごまかそうとしても無駄だぞ」

「俺がなにをごまかそうとしているんです？」

フェイ皇子の怒鳴り声にも平気な顔で彼は応じる。それがさらに相手の怒りを煽《あお》ったのか、気性の荒いこの男は真っ赤な顔で喚《わめ》き立てた。

「貴様は今日の午後、刺客に俺を狙わせただろう。捕まった犯人は貴様に頼まれたと証言したぞ！」

「なんだ。証拠といっても言葉だけではありませんか。フェイ兄上はそれを信じられたのですか」

シオン皇子の冷静な対応に、ふたりを遠巻きに眺めている貴族たちがひそひそ声で話しはじめる。なにやら形勢がよくないと悟ったのか、フェイ皇子は強硬手段に訴えた。

「ええい。おまえたち、こいつが首謀者だ。いますぐに引っ捕らえろ！」

自分の部下たちに命令し、シオン皇子を囲いこむ。彼は逆らわず、フェイ皇子の手の者が自分の両脇からそれぞれの腕を摑《つか》むにまかせていた。

「シオン様っ」

「いけません」

飛び出そうとして、オルゾフに阻まれる。

「行っては駄目です。お下がりを」

体軀《たいく》に勝るオルゾフに羽交《はが》い締《じ》めにされてしまえば、それ以上は進めない。

「離してください」

「なりません」

どうすることもできないままに、シオン皇子はフロルの目の前で拘束され、騎士たちの手によって引き立てられる。

まもなく会場から第三皇子の姿は消え、あとには不穏なざわめきだけが残された。

「オルゾフ殿。シオン様を助けなければ」

必死になって訴えたが、彼の乳兄弟は沈痛な表情で首を振る。

「いまの段階で俺たちができることはありません。騒ぎ立ててもシオン様を困らせるだけですから」

「ですが」

「シオン様はこの成り行きも可能性のひとつとして、すでに考えておられたはずです。だから、俺たちに離れていろと命じていたのですよ」

俺たちがここで暴れて、一緒に拘束されてしまうのはいかにもまずい。オルゾフの説明はもっともで、しかし膨れあがるばかりの不安はいっこうに収まらない。

「では、このあとなにをすればいいのか、シオン様からのご指示は受けておられますか」

「そうですね。それについては」

オルゾフはそれ以上言うことができなかった。距離を詰めてきたフェイ皇子がフロルを見据えて言い放ったからだった。

「おまえが氷晶の神子とやらだな。俺と一緒に来てもらおうか」

この国の第二皇子に命じられれば、こちらに拒否権はいっさいない。

だけど、それでも。

内心の怒りが逆に心を冷やし、かつてのように相手を弾《はじ》く氷のような雰囲気が自分を包む。

「どちらにまいれと仰《おお》せでしょうか」

「いいからついてこい」

フロルの問いを傲岸《ごうがん》に切って捨て、フェイ皇子はすぐ側まで歩み寄ると、二の腕を乱暴に掴み取った。

「どうぞお離しください。どこにも逃げはいたしませんから」

「うるさい」

体格差もあり、引っ張られると踏みとどまれない。フェイ皇子は強引にフロルを歩かせはじめたが、その途中でふいに背後を振り返った。

「おまえはなんだ。ついてくるな」

嚙《か》みつくように怒鳴られても、オルゾフは気色《けしき》ばむことはなかった。

「わたしはこの方の護衛ですから」

「護衛など必要ない！」

「ごもっともです。しかし、このわたしにそうと命じたのはシオン皇子殿下です。かの方の取り消しがございませんと、離れることはできません」

「だったら、俺が命令を取り消してやる」

「せっかくのお言葉ではございますが、われらが団長の言いつけに背いたら、わたしは不忠者として末代までの恥となります。ここで死ねと仰せなら、そのとおりにいたしますが」

「オルゾフ殿、駄目です。わたしならかまいませんから」

身を捩《よじ》って制止するフロルの姿をフェイ皇子は睨《にら》みつけ、それから大声で吐き捨てる。

「勝手にしろ！」

そのあとはオルゾフのほうを見もせずフロルを引きずるようにしてつれていく。

オルゾフと、フェイ皇子の護衛騎士たちもあとに続き、まもなく一行は祝賀会場を出て、皇宮内のどこかの部屋の前に来た。

「おまえたちは外で待ってろ」

その言葉を受けて、皇子の護衛騎士たちが速やかに動いた。扉の前に彼ら自身で作った壁はさすがのオルゾフをも阻んだようで、フロルはフェイ皇子と部屋に足を踏み入れる。

すぐに扉が閉められて、目の前にふんぞり返る傲岸な男とふたりにさせられた。

「シオン様をどこにお連れになったのでしょう」

「おまえの知るところではない」

質問をすげなく退け、フェイ皇子はこちらの頭からつま先までを無遠慮に眺め下ろした。

「氷晶の神子などと大層な名乗りをしても、しょせんは大袈裟《おおげさ》な評判だろうと思っていたが、なるほどこれなら納得できる」

それには答えず、フロルはこの場でできることを考えた。

じょうずな会話でこの皇子を誘導し、シオン様の行方《ゆくえ》を引き出す……は、自分の能力ではおぼつかない。相手の腰の剣を奪い、シオン様の解放を要求する……も、圧倒的に技量が足りない。

こんなときには防御系に特化した自分の力はまったくの役立たずだ。

「聞いているのか」

彫像並みに動かないままでいたら、フェイ皇子がいきなり胸倉を摑んでくる。

「返事をしないか！」

彼の粗暴な振る舞いは、ひたすら不快になるだけだ。この男の機嫌を取る気も湧かなくて、無表情に声だけ出した。

「はい。皇子殿下」

「よしよし。そうやって俺の言うことを聞けばいいのだ」

こちらの気持ちは頓着《とんちゃく》せず、上辺のみ応じたことでフェイ皇子は満足そうだ。

「おまえは生意気だが、その冷たい様子が興をそそる」

顔が近い。嫌さのあまりのけぞってしまったが、相手はその上からのしかかる姿勢を取った。胸倉を摑まれていなければ倒れているほど背中が反って、身体の痛みに顔をしかめる。

「ふん。その綺麗な顔が俺のせいで歪《ゆが》むのも面白いな」

「皇子殿下、お離しください」

「離すものか。そら、もっと可愛く鳴いてみろ」

脚のあいだに男の膝が割りこんできて、気持ち悪さにぞっとする。

「なあ、おまえ。フロルと言ったか。おまえは俺のものになれ」

「それは無理でございます」

「なぜだ」

「すでにわたしはシオン様にお仕えしている身ですから」

「あんなやつ」

彼はいかにも憎々しげに吐き捨てる。

「たかが側妃の息子じゃないか。俺の母はこの国の財務大臣を父に持つ。そもそも出自が違うんだ」

この台詞《せりふ》には憤《いきどお》りの気持ち以上に、価値観の断絶を強くおぼえる。

この男にはわからない。自分がなぜあのひとを慕うのか、わかってほしいとも思わない。

「それにあいつは破滅したも同然だ。明日にでも陛下の御前であいつの罪は裁かれる」

「シオン様は犯人ではございません。わたしはあのお方を信じております」

「なんでそんなにあいつがいいんだ⁉」

乱暴に揺すられて、白銀の髪先が宙を泳ぐ。

「あいつの顔か？　それとも身体か」

「おやめください」

襟元を絞めあげられて苦しいし、振り回されて目眩がしている。

「俺ならもっとおまえを満足させてやれるぞ。贅沢はし放題だし、こっちのほうも」

「やっ」

襟元を摑んでいるのとは別の手が伸びてきて、片方の尻肉を指が食いこむほど摑まれる。

その痛みと嫌悪感で背筋に戦慄《せんりつ》が走ったとき。

「……なっ⁉」

突然どこからか大きな音が鳴りはじめた。到底我慢できないくらいに不快感を誘うそれは、耳をつんざく激しい音を轟《とどろ》かせる。たまらずフェイ皇子は耳を押さえ、手を離されたフロルは支えをうしなって尻餅《しりもち》をつく。

「皇子殿下！」

「ご無事ですかっ」

異常事態にフェイ皇子の護衛騎士たちがひらかれた扉から飛びこんでくる。そのなかにはオルゾフの姿もあって、駆け寄ってきてこちらの側で膝をつく。

「お怪我は⁉」

「大丈夫です。転んだだけ」

「よかった。すぐにここを出ましょう」

オルゾフに手を貸して立たせてもらうと、肩を抱きかかえられながら戸口に向かう。

「待て」と聞こえた気もするが、ふたりの足は止まらなかった。

「あれは、いったいなんでしょう」

あの猛烈な異音は、たぶん魔法の力がはたらいたものだろう。そうと察して訊《たず》ねると、オルゾフは唇の両端を引きあげた。

「シオン様の仕込みです。あなたに危難がおよぼうとした際にはああなると」

「あの方の？」

「はい」

「でも、どのようにしてこちらの状態がおわかりになったのでしょう」

「それは」

オルゾフは言いよどみ「あとでシオン様ご本人からお聞きください」と直答を避けてしまった。

「これからどうしましょうか」

返事はもらえそうにないので、ひとまず話の向きを変える。こちらはすぐに答えがあった。

「とりあえず、騎士溜《だ》まりに行きましょう」

オルゾフの言う騎士溜まりとは、皇宮警備の騎士たちがその役目を交代するまで控えている部屋だった。小走りでそこまで行って戸口をくぐると、大急ぎで扉を閉める。

「副団長殿？　それに神子殿も」

室内にはシオン皇子の部下たちがいて、いきなり飛びこんできたふたりに驚いているようだ。

「どうされたのです」

「フロル殿はご気分が悪いそうだ。しばらくここで休ませてくれないか」

そう答えると、皆が一様にうなずいた。

「どうぞどうぞ。こんなところでよろしかったら」

「救護班から誰か呼んできましょうか」

気を利かせた団員のひとりが腰を浮かせて言うのに、副団長は「いやいい」と制止する。

「こちらで少し休まれれば、落ち着くだろう」

「すみません。お願いします」

オルゾフに続いて頼むと、皆が「はいっ」と背筋を伸ばす。

「こちらにどうぞお座りください」

「あっ、そうだ。俺はよく効く回復薬を持っています」

「馬鹿だな。そいつはフロル殿ご本人から頂戴したものだろう」

「あ、そうか」

言い交わしつつ数人が走り回り、てんでにフロルが座れる席をととのえる。

結果としてクッションが山盛りになっているソファへとみちびかれ、恐縮しつつ腰かけた。

「おい。誰か茶を汲《く》んでもってこい」

「ついでに茶菓子も」

「いえ、どうぞおかまいなく。ここにいさせていただくだけで充分です」

皇宮警備の任務があるのに、自分のことでこれ以上わずらわせるのは心苦しい。

辞退してから周囲を見れば、長時間の緊張を強《し》いられるここの警備は普段の任務とはまた別の大変さがあるようで、大小の差こそあれどの顔にも疲労の色が滲《にじ》んでいた。

「オルゾフ殿。よろしいでしょうか」

副団長に視線を投げると、彼が意図を呑《の》みこんで首肯する。

「この場の皆様が癒やされますよう」

発動の準備を済ませ、フロルは右手を高く伸ばす。と、手のひらから光の束がほとばしり、それが天井に近いところで広がって、この部屋にいた全員に癒やしの力が降り注がれる。

「お疲れもあるかと思いましたので。これくらいしかお礼ができなくてすみません」

ほどなくして騎士たちの身体を包んでいた銀色の光が消える。すると、彼らはつかの間の自失から戻ってきて、びっくりした様子を隠さず口々に話しはじめた。

「すごい。身体が軽くなった」

「俺も昨日の傷が消えた」

騎士たちは肩をぐるぐる回したり、自分の身体を確かめる仕草をする。この中には第三騎士団以外の団員も含まれていて、これはどういう仕組みなのだと近くの騎士に聞いている。

「これはだな、氷晶の神子殿の癒やしのお力だ。回復薬も作られておられるから、そちらの兵舎でも飲んだことがあるだろう」

「おお、知っている。やたらと効き目のある水薬。あれもこのお方が作られたのか」

「そうだぞ。どうだ、すごいだろう」

答えたほうは、自分の手柄であるかのように胸を張っていばっている。

「魔獣もこのお方の手にかかれば、難なく魔障《ましょう》を祓《はら》えるんだ」

「そいつはすごい」

どうやってやるんですか。ほかにはどんな力をお持ちで。そんな台詞を言いながら、皆がわらわらとフロルの周りに寄ってくる。

「こら。おまえたち。この方はシオン様からの預かりものだぞ。てんでに集《たか》ってくるんじゃない」

そんな連中に、しっしっとオルゾフが追い払う仕草をする。

そのあとすぐにソファの前で仁王立ちになったので、やむなく彼らは散っていった。

自分をかばうオルゾフの後ろ姿を目に入れながら、フロルの頭に浮かんでくるのは、騎士たちに連れて行かれたシオン皇子の姿だった。

いっそあのひとがどこかに連れ去られるときに自分も強引に行けばよかった。無思慮なことだと知っているが、もしもそうできたならこんなにも胸が痛くはなかったのに。

どうかご無事でいますよう。ふたたび元気なお顔が見られますように。

それを一心に祈っていると、外でなにかざわめきがして、ほどなく部屋の扉が大きくひらかれる。

「皇太子殿下」

入り口近くにいた騎士の声で、全員が一斉《いっせい》に起立して礼を取る。フロルも急いで立ちあがると、彼らに倣《なら》った。

「ああいい。皆、楽にしてくれ」

軽く手を振りイベリス皇太子が騎士たちに言う。それから彼はフロルの許《もと》までまっすぐに来て話しかけた。

「フロル殿。隣室に用意をさせた。あちらで飲み物でもいかがかな」

「はい。かしこまりました」

第一皇位継承者の誘いに対してそれ以外の返答はない。すみやかに承知すると、相手は顎を扉のほうに向けて言う。

「それでは先に向かってくれ。私はここの用事を済ませてから追いかける」

この言葉も受け容《い》れて、オルゾフに護《まも》られて隣の部屋に移動した。

ここは客間になっているのか、騎士溜まりの部屋よりは狭かったが、ずっと上質の調度が揃《そろ》えられている。

「待たせたね」

まもなく入室してきた金髪の皇太子は、大股《おおまた》でこちらに近づく。

「どうぞ座ってくれないか」

彼はフロルを着席させると、みずからはその正面の席に座る。そのあとに入ってきた皇宮の女官たちがお茶の支度を済ませると、皇太子はいい香りのするカップを前に微笑んだ。

「さきほどは騎士たちに癒やしの魔法をかけたようだね。あの場の全員を一度に癒やしてみせるとは、さすがに氷晶の神子殿と言うべきだろうか」

「恐れ入ります。出過ぎたふるまいをお許しくだされればさいわいです」

「いや。私もその場にいたかったよ。さぞかし見ものだっただろうな」

やわらかい言いかたと微笑みは、自分がよく知っているあのひとを思わせる。

シオン様はいまごろ……と思ってしまえば、居ても立ってもいられなくなる。

怪我はしていないだろうか。つらい目に遭わされていないだろうか。

気を揉《も》みつつも、さすがにこちらから皇族に質問するわけにもいかない。黙って相手を見つめていたら、彼のほうから「ところで」と切り出した。

「フロル殿は私になにか問いたいことがあるのではないのかな」

皇太子から水を向けられ、この機会に飛びついた。

「シオン様はいったいどうなったのでしょう」

「フェイの越権行為の件か。いささかあれには困っている。第三皇子を捕縛してよいなどと、誰も許してはいないのに」

「それでは、シオン様はこののち解放されるのでしょうか」

「ところがそうもいかぬようだ。フェイが小賢《こざか》しく根回しをしていてな。明日、陛下の御前でシオンの査問会をひらく、その段取りをすでにつけていたようだ」

だったら……すぐには拘束が解かれないのか。捕縛の許可がないのにもかかわらず。

その心情が伝わっていたのだろうか、イベリス皇太子が慰めを含んだ声音で伝えてくる。

「フロル殿の気持ちはわかる。心配なのも、腹立たしいのも。だが、あのシオンがなんの手立てもなしに捕らえられるはずはない。ならば、わが弟の手練手管《てれんてくだ》を明日はじっくりと見せてもらおうではないか」

そう聞かされれば、不安を殺してうなずくほかに手立てはない。

「ひとまず今宵はこの部屋に泊まられよ。騎士溜まりのすぐ隣なら、あれも軽々《けいけい》には無体をはたらけないだろう」

「重ねてのご配慮、心よりありがたく存じます」

「そんなふうにかしこまらなくてもかまわないよ。フロル殿はわが弟の大切な者だから。私が心を配るのは当然だ」

「え……」

シオン皇子の大切な者。イベリス皇太子は自分の存在をそんなふうに解釈している？

違いますとも恐縮ですとも言いかねて、ひととき沈黙していたら「意外かな？」と相手が訊ねる。

嘘をつくのも不敬であるし、すでに自分の表情も読まれ済みのようなので、ここは素直にうなずいた。

「はい、少し」

「なるほどね。しかしそれも無理はない。わが弟は常日頃から自分の感情を悟らせない癖があるから」

言って、彼は微苦笑を頰に浮かべる。

「シオンの子供時代には、私はあまり交流が持てなかった。話をするようになったのは、かなり長じてからのことだが、あの弟がなにを考えているのかは正直よくわからなかった」

「ですが、いまのシオン様は皇太子殿下の御身を大事に思っておられます」

そこのところははっきりとしているので、僭越《せんえつ》ながらも口を挟んだ。

「まあそうだろうが、シオンのそれは肉親の情というよりは、国益優先のきらいがあってね」

「それは……」

とっさに反論が思いつかず、言葉が途中で切れてしまった。

「シオンの忠誠心を疑っているんじゃないんだ。私が皇太子としてふさわしい人間である限り、弟は私のために動くだろう。いままでも。これからも。ただその有り様が、私にはあやうく見えるときがあった」

皇太子はわずかに眉間を寄せて言う。

「シオンは聡《さと》いが、それが突出しているぶん他人の心を読みすぎる。生来持つ魅了の力もあれの人嫌いを後押ししている部分があってね。シオンはときに自分の終わりを見据えて動いているのじゃないか。そんなふうに思えるほどおのが身を顧みないこともあった」

聞けば、心臓が痛いほどに締めつけられる。

人との触れ合いで感じる情より、必要と思われる利益をまず優先し、おのれの身を後回しにする彼の生きかた。

それはまるで……この国に来る前の自分のようだ。

「だけど、最近シオンは変わった。なにより感情がよく出てくるようになった。なにやら自分の勇み足で失敗したとしょげていたし、魔獣討伐の話をするときは自慢げだった。ここのところ目に見えるものではないが、とても生き生きしているように感じられてね。たぶん、なにかきっかけがあったのかもしれないな」

そこで言葉を切って、皇太子はこちらを見たが、さまざまに湧き出た想いに返事ができない。なにも言えず、膝の上で固く両手を握り合わせたままでいると、ややあってから彼がおもむろに口をひらいた。

「そういえば、そなたに聞きたいことがあった」

「……はい。なんでございましょう」

「フロル殿はフェイを憎んでいるのかな。もしくは、そなたを追いやったローラス王子をいまでも恨んでいるのだろうか」

その言葉を心の中でじっくりと嚙み締めてから返事する。

「わたしは……自分の魔力がどんなものか知ったときに、自身で誓いを立てました。なによりもまずおのれの力は他者を癒やすためにあると。たとえ憎み、恨むことがあったにせよ、求められればその者たちを癒やすのにためらいはございません」

綺麗事などではない。それは自分の根幹にかかわる誓いだ。

「なるほどね」

皇太子が金色の髪を軽く縦に振る。

「それでは、そろそろ私は失礼しようかな」

そう言って、彼が腰をあげたので、フロルも会話の礼をするために立ちあがる。

「本日は貴重なお時間を頂戴し、誠にありがとうございました」

「こちらこそ。楽しかったよ」

豪奢《ごうしゃ》なマントに包まれた背中を見せる皇太子は、部屋の扉の前まで行って立ち止まる。それからその場で肩を回すと、面白そうに告げてきた。

「今日の一件、フェイを撃退したあの仕込みだが、今夜は思い出し笑いをして妃《きさき》にたしなめられそうだ」

それから彼はこちらの返事を待たないで、扉の向こうに姿を消した。


フロルはそののち、まんじりともしないままに朝を迎え、迎えの者の案内で査問会をおこなう場所に向かっていった。

皇宮の一角にあるその部屋は分厚い扉で仕切られていて、入ってみれば円形の劇場を思わせる造りだった。上段の半分には裁きをおこなう人々の椅子《いす》があり、その手前に罪人が立たされる弓形の囲いのようなものがある。そして下段は、査問を担う人々を守るようにぐるっと騎士たちが配備され、フロルを含む立会人の面々はそこから少し離れた位置の席に着く。

オルゾフはフロルのすぐ背後に立ち、こちらも緊張を隠せない様子だった。

大丈夫。あれほど怜悧《れいり》なあのひとがたやすく負けるはずはない。皇太子殿下だって——わが弟の手練手管を明日はじっくりと見せてもらおうではないか——とおっしゃっていたではないか。

それを何度も自分に言い聞かせているうちに、高位だろう幾人かの貴族たち、それにフェイ皇子が現れて上段の席に座った。いまは中央の椅子ふたつが空席だが、そちらはおそらく皇帝陛下と皇太子殿下とが座るための場所だろう。

「罪人を連れてこい」

赤褐色の髪をした皇子が大声で命令すると、フロルたちが入ったのとは別の扉がひらかれて、そこからシオン皇子そのひとが姿を現す。

「シオン様っ」

フロルは思わず腰を浮かせ、自分を抑えて座り直した。

落ち着け。ここで騒いでもなんにもならない。彼を信じて事の推移を見守るのだ。

両脇を槍と剣とで武装している衛兵たちに挟まれながら、シオン皇子は昂然《こうぜん》と頭をもたげて入室し、査問を受ける位置に着く。そして、最後に姿を見せたシオン皇子の父親である皇帝陛下と、兄である皇太子殿下が用意された席に座った。

「さて。わが息子シオンに罪ありという訴えだったが、どのようなあらましであったのかな」

席のある者は全員が着席し、静まり返っているのをみとめ、皇帝陛下がおもむろに切り出した。

「それは俺が話しましょう」

椅子の脚を鳴らしつつフェイ皇子が立ちあがり、この場にいる人々に滔々《とうとう》と語りはじめる。

いわく、皇都の街を歩いていたら、突然何者かに斬りかかられた。護衛のお陰で事なきを得たものの、捕らえた刺客を尋問したら、黒幕はシオン皇子と白状した。よって、第二皇子の暗殺未遂犯として、皇帝陛下の裁きを願うものである、と。

「なるほどな」

豪華な毛皮のマントを纏《まと》う皇帝陛下がうなずいた。髭《ひげ》があるなしの差こそあれ、隣に皇太子殿下が並ぶと親子の繋《つな》がりがよくわかる。三人の息子の父である皇帝陛下は心情を面《おもて》には表わさず、淡々と言葉を継いだ。

「それで、その実行犯と目される男はいまどこにおる」

「俺が成敗いたしました」

「では、証言者はおらぬのか」

「そうですが、死ぬ間際にシオンの名を吐きました」

「さようであるなら、いまは亡き者の自白だの」

正面を向いたまま、ふたたび皇帝陛下は言う。

「それではシオンに問う。この件に関してそなたの反論はあるや否や」

「ございます」

感情の昂《たかぶ》りを見せない声音で彼は応じる。

「つきましては証人をこの場に呼ぶことをお許しください」

「よい、許す」

そこからはじまったシオン皇子の反証は、彼の独壇場《どくだんじょう》と言えるようなものだった。

シオン皇子が呼び寄せた証言者は複数いたし、証拠の文書も多量にあった。

まず、フェイ皇子への暗殺未遂の件は、金を払って襲撃犯を仕立てあげた皇子自身の狂言であったこと。そしてそれを証言できる関係者とともに、たくらみが成功した暁《あかつき》には褒賞をあたえるというフェイ皇子の署名入りの証文が提示された。

「でっちあげだ！」

「どちらが、とは言わないでおきましょうか。それに証拠はまだあります」

次に提出されたのは、フェイ皇子の母方の祖父に当たる財務大臣の不正の証拠。財務大臣は長年にわたって他国の商人と通じており、そこから国庫の財貨を横流しし、私服を肥やしていたのだった。それを証明するために国内外から集められた証人と、多数の証文や帳簿の類《たぐい》がそのことへの動かぬ証拠だ。

財務大臣が国家に対する背信行為を犯している。その疑惑をいだいたシオン皇子は長い時間をかけて証拠を収集していたが、それを嗅《か》ぎつけた大臣が第三皇子に対抗心を燃やしているフェイ皇子を煽って、シオン皇子の追い落としを図ったのが今回の暗殺未遂事件の真相。

シオン皇子が断罪されれば、財務大臣は安泰だし、自分の孫であるフェイ皇子の立場はいまよりも強化される。

それらのたくらみをすべて公の場であきらかにされてしまった大臣は真っ青な顔をして「違う」と叫んだ。

「なにも知らぬ。冤罪《えんざい》だ！」

「それに関しましては、皇帝陛下のご英断におまかせすることにします。これらの証拠が捏《ねっ》造《ぞう》かどうかについては、専門的かつ公平な立場の者にも調査してもらえればよろしいかと」

兄弟間の諍《いさか》いのみかと思っていたら、国家的な事案がその背後にあると暴かれ、査問の場にいるおもだった貴族たちは愕然《がくぜん》とした表情で互いに顔を見合わせている。

「それでは各々の言い分と証拠が出揃ったようだの」

皇帝陛下が重々しい口調で述べ、そのあと一拍あってからこの件への裁きを下す。

「フェイは当面謹慎しておれ。財務大臣は不義の有無が判明するまで皇宮内に拘禁せよ。シオンは」

そこで、陛下は語調を変えた。

「さまざまにご苦労だったたな。ようやく不正の一端に手をかけられた」

ねぎらわれて、シオン皇子はうやうやしく一礼する。

「皇帝陛下の御意のままに」

それから彼は衛兵を手で軽く押しのけると、フロルのいるほうに姿勢を変えた。

「さあ。俺たちの屋敷に帰ろう」

そして屋敷に戻るべく、シオン皇子と馬車に乗ったフロルだが、万事めでたしという流れにはならなかった。

なんとなく……気まずい。とはいえ、彼に問題はない。シオン皇子はにこやかな表情だし、同乗者への気配りは欠かさなかった。

怪我はないか、疲れていないかと、むしろこちらが聞かねばならないようなことまで先に気遣ってくれている。だから、フロルは恐縮しこそすれ、居心地が悪いなんて思う要素はひとつもないはずだった。

「シオン様。もしよかったら、癒やしの力を使いましょうか」

「いやいいよ。そこまでではないからね」

「あ……失礼しました」

フロルは自分の膝の上で無意味に手を開閉させる。

このひとは自分に怒ってはいないと思う。たぶんだけれど。それともなにか気づかぬうちに失敗をしただろうか。ローラス王子にはしょっちゅう気が利かないと叱られていたのだから、今回もなにかやらかしていたのかもしれなかった。

「あの。お答えいただいても差し支えがなければですが、シオン様は前々から財務大臣の身辺を調べておられたのでしょうか」

それでも、だんまりがつづいていると苦しくて、思いきって口をひらいた。

「あの資料や証人の数からすると、調査に関する動きについてはシオン様の独断ではないような気がします」

「そうだね。さすがによくわかっている」

機嫌を悪くしたふうではないようなので、いくらかほっとして話を進める。

「だとすると、皇帝陛下の密命を帯びての探索だったのですか」

「それもあるけれど、財務大臣に不穏な動きがあることを察知したのは宰相閣下が先だったかな。それで、宰相閣下が陛下に上申した結果、密かに財務大臣の動向を摑む誰かが必要になったんだ。で、俺にその役目が回ってきた」

「イベリス皇太子殿下はこのことを知っておられる？」

「兄上はご存知ない。なにかのはずみで第二皇子派に動きが洩《も》れたらまずいからね。この件は、陛下と、宰相閣下と、俺だけが知っていた」

「暗殺未遂を捏造されたことについてはどうなのでしょう」

「そっちはたんに可能性のひとつとしてだけ考えていた。とはいえ、どう転んでもいいような手配だけはしていたけれど」

「では、不当に捕縛されたのも、査問会がひらかれたのも、前もってわかっていたのではないのですか」

「そうだね。だけど、俺を断罪するための査問会がひらかれたのはまさしく渡りに船だった。いくらそれなりの証拠を掴んでいたとしても、財務大臣をそのために呼び出せば、大事な証拠の隠滅を事前に図ろうとするはずだから」

「それで相手を油断させて、いっきに網にかけられた？」

「うん。そうなるね」

シオン皇子は言ったあと、ふたたび黙りこんでしまう。

こちらをはじく感じではないのだけれど、なにか鬱屈《うっくつ》したものがあるようで、どう声をかけていいのかわからない。

これまでなら……と思い返せば、こうした会話ひとつ取っても彼の助けがあればこそだ。

ふつつかな自分がほとほと嫌になって視線を下に落としていたら、彼が軽く咳払《せきばら》いをしたのちに口火を切った。

「その。フロル」

言いよどむのがめずらしく、なんだろうと顔をあげる。

「はい？」

「聞かないの？」

「なにをでしょう」

「フェイ兄上がきみに迫ってきたときに、ものすごく不快な音が鳴っただろう。あれの仕込みを誰がしたのか、きみはすでにわかっているよね」

「それは、はい。オルゾフ殿が僕に教えてくれました。あれはシオン様が仕掛けておられたものであると」

副団長と騎士溜まりに向かうときに、そう聞かされていたのだった。

「そういえば、僕がフェイ皇子殿下と悶着《もんちゃく》を起こしたのをどうしてご存知だったのでしょう」

思い出して問いかける。すると、彼はがっくりと肩を落とした。

「やっぱりそれを聞かれるか」

嫌そうな気配だし、無理に問いたださなくていい。こうしてこのひとが無事でいてくれたのだから、それだけで充分だ。

そんな想いを相手に伝えようとして、しかしその直前に、彼がうなじに手をやりながら言ってくる。

「きみにしるしをつけたんだ」

「え。でもどこに？」

おぼえがなくて、フロルは首を傾ける。

「しるし自体は目に見えるものじゃない。だが、俺にはこうやってきみが覗《のぞ》ける」

シオン皇子が指を鳴らすと、宙に鏡が現れる。魔法で作られた鏡であるのは明白で、外側の輪郭《りんかく》がぼやけているし、彼の側からも自分のほうからも映像が見られるようだ。

「これは……いまの僕の姿です」

「そう。きみの姿を映し出せるし、音声のみだがこちらからも干渉できる」

つまり、こちらがなにをしているか筒抜けで、見られ放題になっていたというわけだ。

「その。シオン様」

恐る恐るフロルは訊ねる。

「これの仕込みというのは、いったいいつにされたのですか」

聞くと、彼は思いきり顔をしかめた。

「やっぱりそっちも気になるか」

それから視線を逸らしつつちいさな声で打ち明ける。

「きみが、その。気持ちよくなっていたとき」

一瞬意味がわからずにきょとんとし、そのあといっきに全身が熱くなった。

「シオン様……ひどいです」

確かにこのひとに達かされていたときならば、たとえ魔法をかけられてもまったく気づかなかっただろう。

自分は夢中になっていたのに、相手のほうは目的意識をはっきり持って、もっとも適切な機会を狙って魔法をかけた。それが恥ずかしく、また恨めしくて、ほとんど涙目になってしまう。

「すまない。本当に悪かった。この魔法はいますぐ解くし、きみには今後絶対にかけないから」

シオン皇子がまた指をひとつ鳴らすと、鏡は砂山が崩れるようにサラサラと消えていく。

「きみに許しを得ないで、ひどく勝手な真似をした。どうか俺を許してほしい」

「それは……」

つかの間迷ったが、彼はもうしないと言っているし、自分の立場では絶対に許さないと抗議できるはずもない。

「この一件で、シオン様が必要だと判断されていたのでしょう。僕に文句はありません」

自分の動向を把握しておくことも、この重大な案件には必須だった。いまはそのように納得するしかないだろう。実際、フェイ皇子は自分に絡んできたのだし、そこでなにか得られる情報があったのかもしれなかった。

しかし、なぜかシオン皇子は「そうじゃなく」と言ったあと、少しばかり怖い顔で言葉を足した。

「あとでまたゆっくりと時間を取って話し合おう」

彼と自分とのあいだにすれ違いが生じてしまった。それはわかるが、彼の気持ちを取り戻す方法が見つからない。

なにか自分に不手際があったのだろうか。ここではきちんと彼を理解し、相応の返事をするべきだったのか。

シオン皇子が無事でうれしい。断罪されなくて心から安堵《あんど》した。それは本当で、なのにこのひとと食い違いが生まれてしまって、そのよろこびを分かち合えない。

そのことがなによりつらくて、フロルはうなだれたまま馬車の揺れに身をまかせていた。

自分はいったいどうすればよかったのか。あれからフロルは何度も繰り返し考えた。しかし、正解にはたどり着けない。自分に落ち度があったかどうかを思い返せるだけ探ってみたが、決定的な心当たりは見つからない。

けれども、なにもしなくても嫌われたことだって記憶の中にはたくさんあるのだ。それに、馬車を降り際に耳にしたシオン皇子のつぶやきも、絶えず不安を掻《か》き立てている。

——俺はきみをどうすればいいのだろうね。

これはもう自分との訣別《けつべつ》を決めてしまった彼の心の声ではないか。

思えば、騎士溜まりにいたときに皇太子殿下がおっしゃっていたこともある。

――生来持つ魅了の力もあれの人嫌いを後押ししている部分があってね。

元々人嫌いの傾向があり、魅了の力があることを決してよしとしていない。

なのに、うっかり自分にあの力を使ってしまい、しかもこちらは癒やしの魔法で撥《は》ねのけたうえ、彼にあやまらせることまでした。

彼にとって、自分はほとんど黒歴史の人物じゃないだろうか。

甘い言葉も、やさしいまなざしも、愛撫《あいぶ》をくれたあの仕草も、こちらに対する好意の表われなんかではなく、あくまでもしるしをつけるためだったのなら、目的を達したいまは……。

そうじゃない、とフロルは横に首を振る。

シオン皇子のやさしさは裏があってのことじゃない。

この屋敷に来る前のことだけれど、自分の身こそ危険なのに護衛をこちらに回してくれて、そのために怪我をしたのに悔いる様子はまったくなかった。

折に触れて見せてくれたあの笑顔も、楽しい様子も、嘘ではないと思いたい。

でも……だったら、どうして彼はこの屋敷に戻らないのか。

シオン皇子がここに帰って、前とおなじにサロンで他愛ないおしゃべりをしてくれたら。

もしもそうなら自分は本当に安心できるし、うれしいのに。

でも……現実はそうじゃない。

あれから五日間、一度も彼はこの屋敷に姿を見せない。それは、あんな重大事件が明るみに出たあとで、事後処理に追われているのは想像がつくのだけれど。

しかし、この屋敷にぽつんと留《とど》まっているフロルにとっては、それ以後の出来事は不明なままだ。自分が参考人として召喚されることもないし、オルゾフも、第三騎士団員たちもこの屋敷を訪れない。

当分は回復薬作りは不要と騎士団の文官から文書でのみ通達されて、彼らとの接触は現状では不可能だし、かといって勝手に屋敷を抜け出して周りに迷惑をかけるのは避けたかった。

結局、悶々《もんもん》とし続けたまま時を重ね、フロルは食事もろくろく喉を通らなくなるありさまだった。

そして、それを心配してくれたのか、部屋付きのメイドが声をかけてくる。

「フロル様。こちらのやわらかい卵菓子はいかがですか。甘くて冷たいので、少しは食べやすいかと思います」

「ありがとう。では、それだけでもいただきます」

せっかく勧めてくれたのだからと、無理をしてスプーンを取る。味はほとんどしないのだけれど、自分のためにこれほど気を揉んでくれる心遣いがありがたかった。

「食欲が落ちてしまって、すみません。料理のせいでは決してないので、厨房にもその旨を伝えておいてくれませんか」

「かしこまりました。おやさしいお心遣いに感謝します」

「いえ……」

ふっと言葉がこぼれたのは、自分でもよくよくまいっていたのだろう。これまで弱音など吐いたことはなかったのに。

「僕はやさしい人間ではないのだと思います。それが証拠に、いまもぐずぐずと恨みがましいことばかり考えていますから」

「そんな。フロル様は尊い心根をお持ちの方です。もしもですが、万が一にもそのようなお気持ちになられるのなら、むしろ相手方のほうにこそ問題が生じているのではないでしょうか」

それには横に首を振った。

「そうじゃないです。シオ……あちらのほうは悪くないです。僕がなにか失敗してしまったのが原因かと」

「失礼かと存じますが、その失敗の心当たりはおありでしょうか」

「そうですね……たくさんあるような、特にはないような。自分ではわかりません」

「これはあくまでも私見に過ぎないものですが、それでしたらそのお相手様に聞いてみてはいかがでしょうか」

「でも、直接聞こうにもその相手がおりません。もしかすると、もう二度とここへは来ないかもしれませんし」

言葉を交わせば、自分の弱さをさらに露呈してしまう。自己嫌悪に陥《おちい》ってスプーンを皿に戻せば、メイドはかすかに鼻息を洩らしたようだ。

「そんなことはございません。そのお相手様は絶対こちらに戻ります。本当に、心から、フロル様を大事にしておられるのは明白でございますから。この屋敷におりますわれわれどもには、それは疑う余地のない事実です」

息巻くいきおいで言い切られ、思わず顎を引いてしまう。

「そ、そうですか」

「もちろんでございますとも。旦那さ……そのお相手様からは、フロル様をお迎えする際に厳重に命じられておりましたので。フロル様をこの屋敷の主人と思い、なにごともあの方を第一に動くようにと」

「それは……僕が大事というよりも、なにか僕には知りようのない深謀遠慮《しんぼうえんりょ》があったのかもしれません」

「では、それがなにかをぜひお聞きなさいませ」

「そうですね。そうするべきとは僕も思っているのですが。なんだか少し……怖いような気もします」

われながら情けない台詞を吐けば、いままで隅に控えていたメイド頭《がしら》が横から告げる。

「大丈夫でございますよ。思いきって、それを聞いてごらんなさいませ」

「そうでございます。どーんとぶつかってみられればよいのです」

若いほうのメイドが言うと、メイド頭が「これ」とたしなめ顔をする。

「フロル様の御前ですよ。言葉遣いに気をつけなさい」

上司から注意されて、メイドが首をすくめたとき。食堂の扉がひらかれ、従僕のひとりがメイド頭に近寄り、何事かささやいた。そのあと従僕が出ていってから、彼女がこちらに向き直り、にこやかに告げてくる。

「旦那様のお帰りでございます」


それからの展開は目まぐるしかった。フロルはメイド頭とメイドのふたりに着替えさせられ、シオン皇子の部屋の前まで有無を言わさず連れて行かれた。

「フロル様。さあどうぞ」

けれども自分では扉を開ける勇気がなくて、廊下に立ちすくんだままでいたら、メイド頭がそこをノックして入室の許可を求める。

「旦那様。火急の用件がございます。お部屋に伺ってもよろしいでしょうか」

ああ、そんな。この期《ご》におよんでも踏ん切りがつかないであせっているのに、許諾を得た扉は粛々とひらかれて、メイド頭はそこから速やかに下がってしまった。

これはもう逃げられない場面である。どうしようもなくなって、フロルは部屋の戸口をくぐった。

「……フロル」

シオン皇子が驚く顔でこちらを見やる。これは彼にも予期しない不意打ちの出来事であったらしく、いつものにこやかな雰囲気が崩れている。

微笑みのないその表情を見たとたん、自分の中でなにかがぷつりと切れてしまった。

「あの」

どーんとぶつかってみられれば。さっき聞いたメイドの言葉が頭の内側で渦巻いて、知らないうちに一歩踏み出す。

「シ……シオン様」

走り出せば、もう足が止まらない。その場に突っ立つ男目がけて突進し、いきおいがついたままにぶつかっていく。

「……っ」

こちらから駆けこんでいったのに、はずみでよろけてしまったのはフロルのほうだ。のけぞって、転びそうになったところを、男の腕が掬《すく》いあげる。そのままぐいと引き寄せられて、ふたたび相手の身体に当たる。

けれどもさっきの衝突とは違って、今度は彼が自分の腕でしっかり抱いてくれていた。

「どうしたの？」

やさしく甘い男の声。それを聞いたら、先ほどの衝動的な感情とはまた別の想いが湧いて、なんだか頭の中がぐちゃぐちゃぐちゃになってしまう。

「あの、シオン様っ」

「うん。なに？」

そうつぶやいて、愛《いと》おしそうに背中を撫でてくれるから、気持ちが溢《あふ》れてしまうと同時に涙腺も壊れてしまった。

「僕を……ぎらわないでぐださい……っ」

人目も憚《はばか》らずおいおい泣くことなんて、物心がついてから一回もおぼえがない。

こんなふうに誰かの身体にしがみついて、しゃくりあげつつ訴えるのも。

「き……きらわ、だいでっ……」

ローラス王子のときのように、自分が不要な者になったら、ここを出ていけばいい。もうそれはすでに経験したことだ。またもや治癒師としてどこかに流れていった先で暮らしていけばいいのだから。

そんな考えを幾度となく自分に言い聞かせていたというのに、シオン皇子の顔を見て、その腕に抱かれた瞬間、すべてが脳裏から吹き飛んだ。

ここにいたい。シオン皇子と一緒にいたい。それ以外の望みはない。

ああ……そうだ。自分はこのひとが好きなのだ。忠実な従者のようにではなく。尊敬できる主人に対するものではなく。

自分はこの男に恋をしている。

「おねが……ですぅ……っ」

なのに、彼はなにも応えてくれようとしなかった。

無言のままにただ棒立ちになっているだけ。

もう駄目なんだ。こんな愁嘆場《しゅうたんば》を晒《さら》されたことだって、彼は何度もあるだろう。泣きながら迫られた経験なんて幾らでもおぼえがあって、あえて突き飛ばさないでいるのは彼の温情なのかもしれない。

しかも……加えて最悪なことにも気づく。顔中がびしょびしょになっているから、彼の着ている高価な衣服もきっと濡らしてしまっただろう。

「……あ」

遅まきながらそれに気づいて、彼の胸から離れようとしたときだった。

「フロルッ」

強い力で引き戻されて、ぎゅうぎゅうに締めあげられる。背骨が折れるかというくらいの

締めつけに息さえも苦しいほどだ。

「きみが好きだ」

フロルの背中がびくんと震える。

いま、なにか聞いたような気がするけれど。

到底信じられなくて空耳かと思ったら、またも彼の声がする。

「きみが好きだ。きみだけだ」

狂おしいほどに切羽詰《せっぱつ》まった声音だった。

「あ……」

これは夢……？　それとも現実なのだろうか。

だって、自分でもたったいま気づいたばかりの感情なのに。相手のほうもそうだなんて都合がよすぎる。

そんな惑いが伝わったのか、強い調子でさらに彼が宣言してくる。

「好きなんだ。きみ以外はなにもいらない」

ああ……やっぱりこれは夢なんだ。

あまりにもそうだといいなと願っていたから。

「フロル。どうした？　なにか俺に応えてくれ」

混乱しきって茫然《ぼうぜん》としていたら、訝《いぶか》しそうに問いかけられた。

「俺の言うのが聞こえていたか」

大泣きしてからの無反応。それをあやしまれているのだろうか。自分がなにを聞かされたのか、こちらはいまだに飲みこめていないのだ。いったいなにが起きたのか、どう考えても信じられない展開で……でも……まさかだけれど、さっきこのひとが言ったとおりで、これは本当のことなのだろうか。

ちょっとだけ……聞いてみるだけ。

フロルはありったけの勇気を振り絞って問いかける。

「あ、あの……その好きは、どんな意味の？」

「意味か？　それならいくらでも言ってやる」

力任せにフロルの身体を締めつけながら彼は言う。

「いますぐにきみを押し倒して、そのやわらかい肌のすべてに俺の痕《あと》を刻みたい。泣いても叫んでも、俺のものだというしるしを全身に残したい。だが、それと同時にきみの涙は見たくない。きみが笑っていてくれるなら、俺はどんなことでもしよう」

自分の好きはそういうことだと言い切った。

「俺の気持ちはこれでわかった？」

「……っ」

いま聞いた彼の言葉が心の中にじわじわと染みこんでくる。まるで体内に魔力をめぐらせているときみたいに、それが自分の内側をぐるぐる回る。

じゃあ本当に？　好きって、このひとが僕のことを？

すぐにはうれしいと思う余裕もないままに心臓の拍動だけがものすごく速まってきた。抱き締めている彼の力も緩まないし、次第に頭がくらくらしてきて、フロルは男の腕の中でくったりとしてしまう。

「フロル⁉　大丈夫か」

目の前を霞《かす》ませているうちに抱きかかえられ、移動させられていたらしく、気づけば彼のベッドの上に寝かされていた。

「あ……僕は」

急いで起きようとしたけれど「そのままで」と止められる。

「いま水を持ってくるから」

シオン皇子が近くに置いてある水差しのところに行って、グラスに注《つ》いだ水を持って戻ってくる。

「飲めるかい」

こっくりうなずくと、彼はこちらの後頭部に手をやって上体を少し浮かせる。この介添えで起きあがればいいのかと思った直後。

「んう……っ」

彼は手にしたコップの水をあおるなり、こちらの唇に口づけて、水を流しこんできた。

「ふ……う」

こくんと液体を飲みこめば、彼が「まだ要る？」と訊ねてくる。

水よりももう一度唇の感触が欲しくなり、そんな自分を恥ずかしく思うけれど、欲に負けてうなずいた。

「可愛いね。ほんとに可愛い」

紫色の男の眸が、なにかに憑《つ》かれたひとのように光っている。それが少し怖く感じて、なのにどうしてもそこから目が離せない。

そうして今度はゆっくりと彼の唇が近づいてくる。さっきのキスで濡れたそこが艶《なま》めかしくてドキドキしながら待っていると、そっと顎を持ちあげられてキスされた。

「う……ん」

口移しに飲まされるこの水はとても甘くて美味《おい》しかった。飲みこむのが惜しいくらいで、それでも喉がこくんと動けば、彼の唇は離れていく。

「もっと？」

誘う言葉はさっきの水より甘く感じ、けれどもさすがにためらう心が湧いていると、頭をそっと撫でられた。

「五日間も放っておいてすまなかった。そんなに気を揉ませていたなら、もっと早く帰ればよかった」

「いいえ。あの……でも」

後悔の滲む声に励まされ、ここ数日間悩んでいたことを聞く。

「僕は、ずっと……あのときの言葉が気になっていて」

「あのとき？」

言ってから、彼は「ああ」と合点がいったふうにうなずく。

「俺がきみをどうしようかと言ったこと？」

「はい」

「あれはね」

ベッドの脇のテーブルにグラスを置いて彼が言う。肘《ひじ》をついて、フロルも上体を起きあがらせた。

「完全に俺がやらかしたと思っていたから。実際、しるしをつけるなんてひどい真似をしたわけだし、きみは泣きそうになっていた。だから、きみはもう俺の顔なんて見たくないんじゃないかと思った。もしもそうなら、きみが望む環境をすぐにもととのえなければと」

「僕は、そんなつもりでは」

「うん。結果は俺の勘違いで、きみをもっと泣かせてしまった」

手つきはやさしく白銀色の髪を撫でつつ、彼は苦く告げてきた。

「俺が任務の一環としてきみに手を出して仕掛けをした。そう思われてもしかたがない状況だったし」

「ですが……そうではなかったと」

ちいさくうなずいてから、彼はふっと翳《かげ》りのある笑いを見せる。

「俺はきみに関してはものすごく心が狭い男なんだ。きみが仕えていたローラス王子に嫉妬《しっと》したし、宮廷で会うはずのフェイ兄上にも心がおだやかではいられなかった」

「フェイ皇子殿下にですか。でも、あの方とは少しも接点がありません」

きょとんとして返したら、シオン皇子はため息をついたあと、ちょっと肩をすくめてみせた。

「きみのほうはそうだろうが、あの男が間近できみの姿を見れば、平常心ではいられないと思ったからね。そのために……と考えた俺のほうこそ普通の思考ではなかったかもしれないが」

このひとは、嫉妬のあまりにそんな過激な手段をもちいることにしたと言うのか。

「案の定、フェイ兄上はきみに迫った。あの光景を見て、俺は異音で済ませてやった自分の策を後悔したよ」

そう告げるシオン皇子の眼光が怖すぎて、思わずごくりと唾《つば》を飲みこむ。

「本当は、最初からきみにくわしい事情を話して、そのうえで協力を仰ぐのがいちばん正しいやりかただとわかっていたんだ。だけど、俺はそうしなかった。話せば嫉妬と欲にまみれた俺の心が透けて見える。純真なきみの前では到底そんな打ち明け話はできないし、したくない。だが……そんなふうに思った俺が馬鹿だった」

男の長い指先が頬の上に触れてきて、ゆっくりやさしく撫で下ろす。

「きみを泣かせて、やっとそれに気がついたんだ。きみを苦しませるくらいなら、自分の欲も醜さも正直に見せてしまえばよかったんだと」

じゃあ……もしかしてこのひとの本音というのはこういうことなのだろうか？

「そうだね」

「あの。僕にしるしをつけたのは、任務のためなんかじゃなかった？」

「あのとき、きみをどうしようと言われていたのは、僕がひどいと口にしたからなのでしょうか。シオン様を恨めしく思っていると考えられて」

「ああ。まったく幼稚な思考だけれど、そのとおりだよ」

自嘲《じちょう》の交じる口ぶりで彼は洩らした。

「だから、俺はきみと顔を合わせるのがつらくなって、この五日間逃げていたんだ。だけど、五日が限度だった。きみの顔を見ないでいるのにそれ以上は耐えられなくて、ここにのこのこ戻ってきたという次第だ」

「シオン様」

「うん？」

胸がいっぱいになりすぎて、なにから話せばいいのかがわからない。だけど、フロルがいちばんに言いたいのはこれだった。

「僕は……あなたのことが好きなんです」

「本当に？　『かもしれない』の好きじゃなく？」

「はい」

黒髪の貴公子は眸に光を宿したまま、フロルの両頬を手のひらで包みこんだ。

「いつからそんな気持ちになったの」

「その……最初はひとりの人間として尊敬していたんです。だけど、人数を限られた魔獣討伐のあたりから、どうしても側でお仕えしたくなって。このお屋敷で暮らすようになってからは、シオン様とおしゃべりができるのが待ち遠しくて、楽しくて。それでも、僕はいままで誰も好きになったことがないので、自分の気持ちの変化には気づかないままでした」

「そうだったね」

「だけど今回、シオン様とすれ違いが生じてしまって、嫌われたのかもしれないと思ってようやく自分の想いに気がつきました。僕は……いつの間にかシオン様を好きになっていたんだって」

すみません、とフロルは詫《わ》びた。

「どうしてあやまるの」

「それは……身分差があり、男でもあるこの僕が好きになってしまったから」

「きみにとって、それは悪いことなのかい？　いけないと思っているなら、やめることもあるのかな」

彼の問いをつかの間真剣に考えてから、否定の形に首を振った。

「たぶん、いいえ、絶対無理だと思います。シオン様を好きな気持ちはきっと一生捨てられません」

自覚したからはっきりわかる。それは自分の生涯を通じて変わらない想いだった。

「フロル」

言ったきり、彼は神妙な面持《おもも》ちのままじっとしている。

「シオン様？」

不思議に感じて問いかけると、相手はようやく口をひらいた。

「うん。ちょっと動けなくなっていた。自分でも驚くよ。こんな感情があったなんてね」

ねえ、フロル。彼は言いながら、こちらに真摯《しんし》なまなざしを向けてくる。

「大袈裟《おおげさ》と取られるかもしれないが、俺はきみと出会えたことを奇跡のように感じている。こんなひとにはもう二度とめぐり逢えない。きみこそはこの俺にもたらされた奇跡の恩寵《おんちょう》。それをいま実感したよ」

奇跡の恩寵。彼のその言葉を心の中で繰り返す。

確かに言葉は大袈裟なのかもしれないが……。

けれどもとフロルは思う。

自分はこうしてこの国に流れてきて、シオン皇子と再会し、やがてその相手を恋い慕い、彼のほうからも求められた。

ああ、そうだ。自分にとっても、これは奇跡の恵みなのだ。

「……あれ？」

また涙。さっき泣き尽くしたと思ったのに。いったいいつからこんなに泣き虫になったのだろう。

「おかしいな。哀《かな》しくはないので……」

そこまでしか言えなかった。男の腕が伸びてきて、フロルをやさしく抱き取ると、唇を重ねてきたから。

「ふぅ……っ」

最初は軽く触れ合うだけのキスだったのに、次第に舌を絡めるような深いものへと変わっていく。思いの丈を存分にこちらに伝えてくるような情熱的な男のくちづけ。

くちゅくちゅと水音がするくらい激しいキスにフロルはあっさりとのぼせてしまい、自分を求める男の熱に翻弄されるばかりになる。

「んん……っ、う、あ……」

けれども次第に息が苦しくなってきて、無意識に顎を引いたら、彼は無理押しをしてこないであっさりと顔を離した。

あれ、と思った次の瞬間、シオン皇子が頰をぺろりと舐《な》めてきたから、思わぬことにびっくりしてのけぞった。

「シ、シオン様」

ひととき失念していたが、さっきは大泣きをしたのではなかったか。そしてついさきほども。だとすると、自分の顔はしょっぱいことになっているはず。

「ちょ、ちょっと待ってくれませんか。顔を洗ってきますから」

「うん。それもいいんだけどね」

シオン皇子はどことなく上の空の調子で答える。

「せっかくだから、俺が綺麗にしてあげるよ」

「えっ……？」

せっかくとはどういう意味か。綺麗にするとはどうやって。

内心大いにあせっていたら、ふたたび舌でその箇所を舐められた。

「シオン様……わ。うぷ……っ」

制止しかけた唇は男の唇で塞がれる。そしてまた頰を舐められ、そこにもキスが落とされる。

待ってほしいとあわてるけれど、結局はろくに抵抗ができない自分もきっと悪い。

こんなふうにじゃれつくみたいな触れ合いは初めてだから、くすぐったくて気恥ずかしくてしかたない。

「ん、んんっ……シオン様っ。も、いいです……っ」

涙の跡をほとんど舐め取られてしまってから、なんとか阻止する声をこぼした。

「もうっ……本当に」

フロルが懸命の仕草で男の胸を押すと、相手はなんだか面白そうな笑みを浮かべる。

「やめてほしいの？」

「えと、それは」

「やめてもいいけど、もったいないよね」

「はい……？」

もったいないとは、どういうときに使うものだっただろうか。少なくとも、自分の涙を舐め取る際に使うものではないような。

フロルが思わずうろんな表情をしてしまうと、黒髪の皇子様はにっこり笑って言葉を足した。

「そう言えば、きみを泣かせてしまった原因のひとつだけれど」

「はい」

とっさにフロルはベッドの上で聞く体勢をととのえた。

「たしかここに汚い手が触っていた」

言うなり彼がこちらの腰に手を当ててくる。そうしてそこから下のほうへと。

「わわっ」

「ここも俺が綺麗にしないと駄目だろうね」

とは、どういうふうに。めいっぱいの不安を抱えて、フロルはおずおずと訊ねてみる。

「えっと……そのやりかたをお聞きしても？」

すると、麗しい顔立ちのこの魅惑の皇子様は、不穏な微笑を頬に乗せて言ってくる。

「それは聞くよりも実際にしてみたほうが早いと思うよ」


こののち、フロルは彼が告げてきた言葉の意味を嫌というほど知らされた。

シオン皇子の寝室にふたりきり。しかもベッドの上にいて『実際にしてみる』やりかたは、こちらの予想を遥《はる》かに超える。

待って、それはと思っているうち、キスや愛撫に飲みこまれ、深く激しい快楽に喘《あえ》ぐばかりになっていた。

「や……シオン、様っ」

「ああ駄目だよ。逃げないで」

いまのフロルは敷布の上に四肢を突き、下半身だけすべて脱がされた状態だ。下だけが剝《む》き出しなのは全部脱ぐより恥ずかしい。

「でも……っ、これ、嫌です……っ」

首だけ回して、背後の男に訴えてみるものの「どれが嫌?」と彼が尻のあわいを撫でる。

「ひぁっ」

「嫌じゃないみたいだけれど」

言いながら、彼が尻たぶの弾力をおのれの手のひらで確かめているように捏《こ》ね回す。

「あ……や……っ」

さんざん舐められ、揉まれていじられたフロルのそこは、その仕草が快感に結びつくと彼にしっかり教えこまれてしまったようだ。しかも彼はさらなる要求をささやいてくる。

「気持ちいいと俺に言えたら、前を触ってあげるけど?」

「……う……気持ち、いい、です」

「よくできました」

恥ずかしいことを言わされ、けれども彼がご褒美と言わんばかりにすでに角度をつけているこちらの性器をじょうずに扱《しご》いてくれるから、あらがう気持ちは有耶無耶《うやむや》になってしまった。

「あ……ん、んっ」

ずいた。

「これがいい？」

「ん、く……っ、んんっ」

赤くなっている自分のしるしをいじる手つきがあまりに巧みで、返事ができずにただうなずいた。

彼は特に敏感な軸の先をその器用な指で弄《もてあそ》びつつ、もういっぽうの手で尻のまるみに触れてくる。

「きみのここは形がいいね。まろやかで、すべすべしていて、癖になるほど手触りが良い」

「やっ……言わないで……っ」

いやらしい言葉と仕草に気持ちが引いてもいいはずなのに、このひとの手にかかると快感だけが募ってくる。

ちょっとどうかと思うような行為をされて、しかし本当にやめてほしいと考えないのは、彼の声とまなざしにあきらかな賞賛の響きが交じり、こちらに触れるその手つきはどこまでも丁寧な思いやりを感じるからだ。

「舐めてほしい？」

だけど……やっぱり『思いやり』は撤回したい。そんなことを言わせようとしてくるなんて本当に意地悪だ。

言わせないでの気持ちを込めて、首をひねって彼を見あげる。と、目線を合わせた先にある宝石に見まがうような紫色が、ほんの少し翳りを帯びる。

「きみになじられてもしかたがないね。われながら感心しない真似だと思うし」

「ん、あっ」

軸の先端にあるちいさな穴を爪の先で擦《こす》られて、おぼえず背筋がぶるっと震える。

「もう二度と、あんなふうにきみを泣かせるつもりはない。それは絶対に約束する。ただちょっと……きみの涙を見てしまったら、新しい欲に目覚めた」

「あ……そこ……駄目っ」

彼の手が軸からその根元へと滑っていって、付け根にある膨らみに触れてくる。そしてその箇所を手のひらで包まれて、揉んで転がすようにされれば、また別の快感の火花が散った。

「でもね、心配しなくても大丈夫。きみが悦《よ》くなることしかしない。きみを強引に奪わずに、ゆっくりやさしく堕《お》としてあげるよ」

「あ……ああ……っ、シオン、様……っ」

このひとがなにをしゃべっているのかが、快感にまぎれてしまってわからない。目を霞ませて震えていたら、彼は尻たぶのあいだのところに舌を這《は》わせる。

「ああっ。そ、そこは……っ」

駄目だ。汚い。とっさに生まれた焦燥感が、フロルの身をもがかせる。

「ああ、少し舐めただけ。これ以上はしないから」

「す、少し、って」

そういう問題ではないと思う。けれども彼がその箇所から顔を離して、尻のまるみを軽く齧《かじ》ると、刺激に弱いこの身体は他愛なく跳ねてしまう。

「あ、んっ」

そうしてまた軸を念入りに擦られれば、さきほどまでのあせった気持ちは薄れて消える。

「俺はね、今日のことであらためて確信したよ。きみの心もそして身体も俺は全部欲しいんだ。だからじっくりと時間をかける」

徹底的に弱みを追い立ててくる男の愛撫。烈しい快感の炎に炙《あぶ》られたフロルには、彼の言葉は耳に入っても理解ができない。

「あ、あ、ああっ。シ、シオン様……っ」

「うん。いいよ。達っても」

彼はそう言って、手の動きを速くする。

「ん、あっ、あっ……」

彼に背中から覆いかぶさられ、根元の膨らみと軸とをいっぺんにいじられて、放出の予感にわななくつま先が内側に縮まった。

「やっ……も、達くぅ……っ」

もう駄目。これ以上我慢できない。

思った直後、背筋が弓なりに反り返り、こらえていた快感がどっと溢れる。

射精の快感はするどく激しく、それ以外の五感をくまなく奪っていく。

だから、そのあとで長く息を吐きながらシーツの上に倒れこんでいくフロルの耳には彼の声が届かなかった。

「きみをきみのまま、全部丸ごと俺の手の内に収めるまでね」

そんなふうに彼がつぶやいていたことを。


まるで嵐のような祝賀会の一日が過ぎ、あれから半月あまりが経《た》った。フロルの生活は表面上は落ち着いて、以前とおなじくシオン皇子の屋敷内で回復薬の調合にいそしんでいる。

本当は施療院で治癒師の仕事に戻りたかったが、シオン皇子が新しい治癒師を増員してくれたので、そちらのほうはお役御免といった格好になっていた。

とても有能なこの皇子様は、ただいまは貴族ではない一般の国民がもっと気兼ねなく治療を受けられる体制をととのえつつあるところだ。

彼から聞かされた話によれば、施療院をもっと増やし、そのために必要な治癒師の補充については、それ専門の知識が得られる学問所を近く開設する予定だとか。

まだ情勢が完全に収まっていないからと、フロルが兵舎に行くことは禁じられ、代わりにオルゾフが回復薬を受け取りがてらやってきて、その折には簡単な挨拶やご機嫌伺い程度の話を交わし合う。

しかし今日はもう少し話が聞きたいとお願いし、オルゾフも快諾してくれたので、庭にある東屋《あずまや》で一緒にお茶を飲む流れになった。

香りのいい紅茶と焼き菓子を前にして、ふたりが話題にあげるのは、この屋敷の旦那様に関係ある出来事だ。

「シオン様が新設される学問所はどのくらいの規模になる予定でしょうか」

フロルが聞けば、考える表情をしたのちにオルゾフが教えてくれる。

「専門的に教えを授けられるほど知識のある治癒師は、いまのところ数が限られておりますからな。ただ、ゆくゆくは講師陣の層を厚くし、皇国魔術機関にもひけをとらない施設にしたいと」

「そうですか。それはずいぶんと大きな構想をお持ちでいらっしゃるのですね」

「元より民草《たみくさ》の安寧を考えておられるお方でしたから。だがまあ、この件に関して積極的に動こうと思われたのは、お側におられるよき方の薫陶《くんとう》の賜かと」

それに、とオルゾフはにやりと笑う。

「施療院にそのお方を取られまいと必死でいらっしゃるのですよ。いやもう、俺もこれまではついぞ存じあげなかった健気《けなげ》な一面とお見受けしますな」

遠回しに言われたけれど、誰のことか察せられてなんだか気恥ずかしくなってくる。

「オルゾフ殿」

「いや失礼。俺はよろこんでいるのですが。かのお方はここ最近めっきり人間らしくなった、といいますか、大はしゃぎをしておられるようなので」

思いがけないことを聞かされ、フロルは首を斜めにする。この屋敷でのシオン皇子はいつもとさほど変わらないが、なにかうれしい出来事でもあったのだろうか。

記憶をたどり、フロルはふっと『そのこと』に思いが至る。そしてそのあとで、じわじわと頬に血の気《け》をのぼらせた。

――シオン様を好きな気持ちはきっと一生捨てられません。

――きみこそはこの俺にもたらされた奇跡の恩寵。

それからのちには泣き顔を舐められて、ばかりかあんなところまで。

それに……自分は……下半身剝き出しの格好で、あそこもここもいじられて、ついにはあのひとに達かされた。

「……っ」

上気した顔を隠そうとうつむけば、オルゾフが困ったふうに謝罪してくる。

「ああすみません。変なことを申しましたな。お気を悪くされないでいただけるとありがたいです」

「いいえ、そんな。僕のほうこそおかしな反応をしてしまって」

オルゾフにあやまらせたいわけではない。顎を上げるとひと呼吸して、自分の気持ちを切り替えた。

「祝賀会の一件ですが、シオン様からはおおむね問題なくなったとお聞きしました。あの方たちがどのような処遇を受けたか、僕が伺ってもかまわないものでしょうか」

「ああ。それなら」

オルゾフも表情をあらためて軽くうなずく。

「財務大臣は皇帝陛下がご下命された担当官の手によって、引き続き厳しく調査されております。通じていた他国にまでは非を鳴らせないと思いますが、国内の者についてはいずれ相応の処断があるかと。もちろんその折には財務大臣は爵位《しゃくい》を剝奪、あるいは最低限の身分だけは残されて、僻地《へきち》のほうに領地替えの処分になるかと」

「そうですか」

「そちらの調査につきましても、シオン様が的確なご指示を下されておりますようで。騎士団の任務もありますからますますお忙しいわけなのですが、いまのところ精力的に動かれていて、お疲れのご様子は見えませんな」

こう聞けば、あらゆるところに彼の差配が行き届いているのを感じる。

本当にシオン様は立派な方だ。この国の皇族や貴族、それに国民にとってもなくてはならない存在だ。

思ってから、その皇族の一員であるフェイ皇子の現在が気になった。

「オルゾフ殿。差し支えなかったらでいいのですが、あのお方はその後どうされておられるのでしょう」

「ああ。あちらの件につきましては」

オルゾフが誰のことかを察して語る。

「いまのところ皇宮内の一室で静養されておられますよ。いずれどこか田舎《いなか》の領地を手に入れて、そちらに移られるご予定だとか」

「静養とは？　どこかお悪くされたのですか」

「まあその」

オルゾフが男らしい顔面に苦笑の色を浮かべて言う。

「少しばかり心神耗弱《こうじゃく》の御気色《みけしき》で。傍若無人《ぼうじゃくぶじん》な傲慢《ごうまん》さで知られていたあのお方も、なんといいますか、強烈な圧には耐えかねたみたいですな」

「強烈な圧ですか……？」

それはどんなものだろう。けれどもオルゾフは「ははは」と笑って教えてはくれなかった。

「フロル殿。シオン様は今日あたりから多少はお時間ができそうでしたよ。もしよろしければば、直接お聞きになってみては」

「ありがとうございます。では、そうさせてもらいます」

シオン皇子は夜には屋敷に戻るものの、外では多忙を極めているようだったし、そのほかの理由もあって、会話らしい会話はできていなかった。

それならば、今夜あたりはおしゃべりができるだろうか。

そんなふうに期待して彼の帰りを待っていると、部屋付きのメイドたちがこの屋敷の旦那様がいつもより早い時刻に戻ってきたと知らせてくれる。

「シオン様。おかえりなさいませ」

「ああフロル。帰って真っ先にきみの顔が見られるのはうれしいね」

彼は玄関から大股に歩み寄ると、フロルを抱き寄せてその頬にキスをする。

「あ、あの。皆さんが見ています」

「気になるの?」

それはもちろん。ここには出迎えの執事やメイドたちがいるのだ。

ふたりのときのキスや抱擁はここのところ連日だから、そこそこには慣れてはきたが、屋敷の面々の前でとなるとまた違う話だった。

あせるしばつが悪いしで、フロルが目を回しそうになっていると、彼が耳元に甘い声を吹きこんでくる。

「だったら、あとで。サロンで俺を待っていてくれるかい」

「わかりました。ですが、さほどお急ぎにならなくても」

せっかく早めの帰館なので、ゆっくり支度をしてきてほしい。そのつもりで伝えたら、彼が白銀色に流れる髪をひと房摘《つ》まんで、不服そうに告げてくる。

「俺は一刻も早くふたりきりになりたいんだが。きみのほうはそうじゃないんだ」

「いいえ。あのう、決してそのようなわけではなくて」

返す言葉に窮していたら、すぐ近くから助け舟がやってきた。

「旦那様。よろしければお召し替えを。すぐにも支度をいたしましょう」

言ってくれたのは屋敷の執事。ほっとしてフロルがそちらに目をやれば、ご主人様は不承不承の体《てい》でうなずく。

「わかったよ。それじゃあフロル、サロンでね」

摘まんでいた髪に彼はキスを落とすと、おもむろにフロルから一歩離れ、マントの裾を翻《ひるがえ》して背中を向ける。

わあ……。

いかにも様になっている格好いい男の仕草に思わず見惚れてしまったけれど、彼が目の前から消えてしまうと、さすがに自省の念が湧く。

本当に……自分はどうなってしまったのか。

屋敷の主人を待つためのサロンへと向かいつつ、知らず悩ましいため息が出る。

こうしてあのひとを間近に迎え、ばかりか抱擁やキスまでされると、すでに彼のことばかりで頭の中がいっぱいになる。そんなつもりではなかったのに、ついつい彼と一緒に過ごした夜の情景まで浮かんできた。

——シオン様。駄目、そんなのは駄目です……ああ……っ。

——可愛いね。こんなに震えて。恥ずかしいのを忘れるくらいに気持ちよくしてあげるから。

——ふあっ。や、それは、いやぁ……っ……あ、んっ……おかしく、なります……っ。

最近フロルは自室ではなく、この屋敷の旦那様の寝室で夜の時間を過ごしている。そうして彼のベッドの中であやすようにやさしくされ、また別のときには恥ずかしい行為ばかりをされてしまって身悶《みもだ》える。

思い出すといまでも身体が火照《ほて》ってくるほどに快感ばかりを注ぎこまれ、無我夢中の時間の中では素直に快楽を受け取ることや、みずからそれを欲しがる言葉を発するように教えこまれた。

翌朝の光の中で顧みると、とんでもなくみだらな触れ合いのように思えて、猛烈な羞恥《しゅうち》心《しん》に苛《さいな》まれてしまうけれど……かといって、もう二度としたくないと思わないのはあのひとがとても丁寧に接してくれているからだろう。

フロルがただ恥ずかしがっているだけなのか、本気でためらいを感じているのか、その見極めを彼が外したことはない。触れる手つきはいつだってうやうやしいほど丁重で、こちらの身体だけでなく気持ちのほうまで大事に扱ってくれているとわかるから。

また……今夜もあのひとの腕の中で目眩《めくるめ》くひとときを味わうことになるのだろうか。

廊下を行きながら、フロルがひっそりと顔を赤くしたときだった。

階下でなにかざわめく気配が感じられる。

この屋敷の使用人は立ち居振る舞いに難がなく、すべてにおいて洗練された所作をする。それが、今夜に限ってはなにかあったと思わせる物音を立てているのだ。

シオン皇子を待つためにサロンに入ったフロルだが、不穏な予感をおぼえつつ彼の来るのを待っていれば、しばらくしてから黒髪の長身がひらいた扉の向こう側に姿を見せる。

「待たせてしまってすまないね」

「いえ。大丈夫です」

言いながら腰を浮かせる。そのとき彼から軋《きし》みのようなものをおぼえた。

「なにか……ありましたか」

「ああいや。特段の出来事ではないけどね、ちょっと野暮用ができたみたいだ」

察するに、彼はこれからふたたび外出するのだろう。

「ご用事があるのでしたら、こちらにかまわずお出かけください」

残念だが、お役目があるのならそちらを優先してほしい。自分はここでずっと彼を待っていられる。そんな想いで伝えたら、なぜか微妙な表情で返される。

「うん。きみのその思いやりはすごくありがたいんだけど、今回の場合にはそれは空振りに終わりそうだ」

「と、言いますと？」

「さっきこの屋敷にイベリス兄上の使者が来た。用向きは、これから宮中にあがってほしいと」

それでね、とシオン皇子が言葉を足した。

「きみも伴ってほしいとの仰せなんだ」


当日のいますぐで、しかも自分を同行させる。つまりはほかでもないフロル絡みの用件で、そのうえ事態は逼迫《ひっぱく》している。そうとしか思えずに、大きな不安を抱えながら彼と出かける。

つい先刻までは彼とふたりで甘い時間を過ごすことを待ち望んでいたけれど、いまはそれどころではない気分だ。

緊張しつつ支度を済ませて乗りこんだ馬車の座席でシオン皇子に用向きを訊ねてみたが、彼もその内容は使者から聞いていないようだ。

「可能性ならいくつかあるが、いまは言わないでもいいだろうか」

そんなふうに彼が言うから、それ以上は聞くことができないままに馬車で皇宮への道をたどる。

そして、屋敷から皇宮へ、さらには宮殿内部にあるイベリス皇太子の私的な場所へとふたりは向かい、迎えの侍従の案内で客間の一室に通された。

「やあ。すまないね」

待つことしばし、この部屋に現れたのはふたりを呼び出した当人だった。

「皇太子殿下にはご機嫌麗しく」

礼を取ってフロルが言いかけるのに「それはいい」と相手が手のひらを見せてさえぎる。

「しかつめらしい挨拶は不要だよ。この前そなたとは友誼《ゆうぎ》を交わした仲だからね」

こちらの緊張をほぐすように、彼がおだやかな笑みを見せる。しかしそれもつかの間だった。

「では、早速用件に入らせてもらうのだが」

口元の微笑を消して、皇族の威厳を見せつつ自分の弟とその同伴者に告げてくる。

「さきほど隣国から使者殿がやってきた」

そのあとで「まあ掛けてくれ」と彼がソファを手で示す。

言われたとおりにふたりして腰掛けると、この国の次期皇帝はお付きの人々に外にいるよう命《めい》を下した。

「そこにいるおまえたちも。扉のすぐ前にいればいい」

護衛騎士たちもすべて室外に出したあと、皇太子はふたりのほうに向き直った。

「シオンはすでに察しがついているようだが、隣国とはディモルフォス王国だ」

え……っ⁉

その言葉を聞いたとたん、周りの空気がいっせいに凍りつく感覚を身におぼえる。動けずに固まっているこちらの姿を目に入れて、金髪の第一皇子は淡々と言葉を紡《つむ》ぐ。

「遠回しに言ったところで意味はないから遠慮せずに話させてもらうが、要はかの国にフロル殿を返せという言い条だ」

直後、フロルはこれ以上はないほどに顔色を青褪《あおざ》めさせた。

癒やし手不足で返還要求。これまでの日々の中で、もしかしたら……と考えないことはなかった。けれども同時にそんなことは絶対ないと思っていた。

だって、自分は悪役神子で、断罪イベントはもう終わっているのだからと。

「それで……返せとおっしゃっておられるのは、ローラス王子殿下でしょうか」

自分の声が他人のもののように聞こえる。違うと言ってほしかったのに、皇太子は吐息とともにうなずいた。

「そうだ」

「そのような戯言《ざれごと》に取り合う必要はまったくない」

めずらしくも憤慨する口ぶりでシオン皇子が言い切った。

「あえて言わせていただきますが、厚顔無恥な申し出です。理由はもはや聞くまでもなく、こちらとしてはいまさらなにをと思うだけです」

「シオン様はその理由がおわかりですか。それなら教えてくださいませんか。王子殿下がどうしてわたしを取り戻そうとしておられるのか」

「それは……っ」

シオン皇子が言いさして、こちらを睨む。なまじ美形なだけに怒った顔は恐ろしく迫力に満ちていて、フロルは息を飲んでしまった。

「気持ちはわかるが、抑えなさい」

ふたりの向かいから、なだめ顔で彼の兄皇子が告げてくる。

「フロル殿が驚いておられるだろう」

「……すみません」

納得していない顔つきであやまると、シオン皇子は頭を横に数度振る。その仕草でいくらか気分が落ち着いたのか、表面的には平静な雰囲気を戻して言った。

「ここ最近、ファンガストの森では魔獣がとみに増殖している。どうやらあの森の瘴気《しょうき》が強まっているらしく、あちらの国では森の近くの領民が魔獣を恐れて日々の生活に支障をきたしているそうだ」

それを聞いて、フロルは自分の憂慮を忘れた。

「森の外に魔獣が出てきたというのですか」

「それはまだ確認されていないようだ。ただ、領民は森の端で魔獣の姿を何度も見かけ、自衛のために遠出は控えているそうだ。当然、森で得られていた薪《たきぎ》のたぐいも、野で採れる食材も、すべてが手に入らない、あるいは採れてもごく少量のありさまだ」

「それは由々しき事態です」

森の近くに住んでいる領民は、多かれ少なかれその地の恵みをあてにして暮らしている。恐怖が彼らを足止めし、閉じこもって暮らしていれば、いずれ生活が困窮するのは目に見えていた。

「王国の騎士団は魔獣討伐に赴いているのでしょうか」

「行ったらしいが、はかばかしくない成果だそうだ。魔獣に歯が立たないで、負傷する騎士たちも続出し、討伐隊はさんざんな目に遭って引き下がるばかりだと聞いている」

「そんな。でも」

言いかけて、ためらいが口を封じる。

ローラス王子の恋人であるリリイ嬢、すなわち聖女様があの国にはおられるはずだ。そのために自分は用済みになったのだから。

しかしそれは言えないで、自分の膝上に目線を落とした。

「フロル、なにを考えている」

思いやりを含んだ声音に、フロルはハッと顔をあげる。

「思うことを言ってごらん」

フロルの大好きな男がやさしい顔でこちらを見ている。まるでこちらを丸ごと包んでくれるように。その表情に勇気づけられ、思いきって口をひらいた。

「聖女様のお力をもってすれば、魔獣は恐れるに足りません。魔障を祓えば、あとは動物にすぎないものたちなのですから」

「それがな」とイベリス皇太子が重々しく告げてくる。

「魔障は祓われておらぬようだ。聖女様にご親征《しんせい》賜らねば、それも無理はないと思うが」

え……なぜ？

聖女様が魔獣討伐に同行しない。それではどうやって、魔獣の脅威を退けられるというのだろう。その疑問には隣の彼が答えてくれた。

「魔獣討伐には危険がつきものになるからね。それを懸念し、聖女様のご安全を慮《おもんばか》った処置である。つまりはそういう考えだろう」

「ですが……危険だからこそお出ましになられるのでは」

そのことを気にしていては、魔獣討伐に同行などできはしない。しかも、魔障を祓えるのは聖女様しかいないのだから、現場に赴くのはむしろ当然のおこないと思うのだが。

「ディモルフォス王国のローラス王子はきみとは意見がことなるようだね。もっともあいつは自分の尻も拭けないようなやつだから、驚くにはあたらないが」

辛辣《しんらつ》なこの皮肉を耳にして、彼の兄皇子が苦笑する。

「シオン、いささか言葉がすぎる。いくら軟弱で残念な王子ではあるとしても、いちおうは親交国の王族だ」

こちらも少なからず辛口な評価だけれど、フロルとしてはそれどころではない心境だった。

「このままほうっておいては、領民が難儀します。燃料と食料の枯渇は、あの地域に住む人人には生命線を奪われるにひとしいかと」

前世の湊《みなと》がいた世界なら、もしも住む環境が悪くなればよその土地に移ればいい。そんな判断ができたかもしれないが、この世界の人々には死活問題の出来事だ。

「では、どうする」

腹に響く重みのある声音だった。

「フロル殿は勇んであの国に戻られるおつもりか」

突きつけられた刃《やいば》とおなじくらいに鋭く激しい問いかけだった。

ぐっと詰まって、言葉が出てこないフロルを眺め、相手が表情をやわらげる。

「いまから言うことをよく聞いて、これから両者で話し合い、結論を出してほしい」

ただし、と皇太子がふたりに向けて宣告する。

「ただいまはかの国の使者殿を待たせているが、永遠にはできないことだ。今夜から二日後に、その答えをもたらすように」

そののち皇宮を辞去したふたりは、互いに無言のまま屋敷まで戻ってきた。いったんはそれぞれの部屋に入り、フロルは自室で着替えたのち、ソファに座ったままでいる。頭の中に渦巻くのは、先刻聞かされたイベリス皇太子の言葉だった。

――ローラス王子殿下の使者殿はこう言われた。『フロル・ラ・ノイスヴァインをディモルフォス王国に即刻返還するように。元々ノイスヴァイン伯爵子息はわが国の貴族であるから当然のことである。ただし、貴国にも特別の便宜を図り、かの者が帰国した暁には、年に一度ほど聖女様の派遣を検討してもよい』そんな口上を聞かされて、使者殿を怒鳴らなかった私を褒めてもらいたいね。

イベリス皇太子は、そんなふうにこちらに寄り添った言葉を寄越してくださったが、確かに使者を怒鳴りつけて追い返してもしかたがない。どころか、こんなことで両国の関係が気まずくなれば、ウィステリア皇国の益にはならないと思われる。

これは国交に関することで、このような折には自分の気持ちを優先するべきではない。それはわかっているのだけれど。

「……帰りたくない」

とても我儘《わがまま》な気持ちだろうが、自分はこの場所にいたいのだ。

「シオン様のお側にいたい」

独り言でしか言えない本音を洩らしたとき。部屋の扉がひらかれて、着替えを済ませたシオン皇子が入ってきた。フロルはとっさに立ちあがり、しかし次の動きに迷う。

なにも話せず動けないこちらの許に彼は大股で歩み寄り、いつにはなく乱暴に腕を取って引き寄せる。

「なにを考えていた」

抱かれた姿勢で問いかけられて、フロルの身体が強張った。

「まさか帰りたいなどと言い出すんじゃないだろうな」

きつい言いようがいつもの彼らしさを消している。いまからこのひとに話すことは、きっと受け容れられないだろう。

でも……そうする以外に途《みち》はないのだ。

「帰らないと俺にはっきり言ってくれ」

そう伝えたい。自分はこのひとの側でずっと暮らしていきたい。愛し、愛され、互いに心を温め合える毎日を手放したくない。

けれども、いまの自分にはその願いは許されない。

しっかりしろ。難儀している領民たちのいまを思え。自分がするべきことをするのだ。

「僕は、ディモルフォス王国の貴族です。自分に課せられた義務があります」

「きみを断罪して放り捨てた国でもか」

言ってすぐにシオン皇子は「悪かった」と告げてくる。

「きみを傷つけるつもりじゃないんだ。ただ俺は」

むしろ深く傷ついたのは彼のほうであるかのような苦しげな声だった。

「きみと離れて暮らしたくない」

「それは僕も一緒です」

「だったら」

「でも、僕は帰らなければならないと思います」

心臓が千切《ちぎ》れるくらいの痛みをおぼえる。だけど自分にはそう言うしかないのだった。

「帰らなくていい」

まなざしと口調の強さに、このひとが烈《はげ》しく怒っているのがわかる。

「返還要求などクソ食らえだ。きみを放り出した時点で、あんなところはきみの国ではなくなった。すでに内々ではきみをこの国の貴族に叙《じょ》する話もまとまっている。父上も兄上も、そのことに異論を持たないと言っているんだ。だから」

シオン皇子はさらに強く抱いた身体を締めつけてくる。

「きみを絶対に帰さない」

「僕は……」

意を決してフロルは告げる。

「ローラス王子殿下の側仕えです。幼いころからそのために生きてきました。あの方が戻れと命じられるのならば、よろこんでそのとおりにいたします」

「嘘だ」

「僕は、いいえ、わたしはあの国の貴族です。その責務を果たしたいと思います」

「違うだろう。それはきみの本心ではない」

「本心です。王子殿下のお怒りが解けたと聞いて安堵しました。ウィステリア皇国への深い感謝はございますが、自国への愛とはまた別物でございますから」

「愛だなどと……！」

腹に据えかねたようにして吐き捨てると、細い肩を掴んで揺さぶる。

「あんな男に使い捨てにされたいときみは言うのか。あんなやつは風向きが変わったら、きみを真っ先に切り捨てるぞ」

「承知の上です」

「きみはそれがわかっていて！　そんなにもあいつのところに戻りたいのか。あいつのことが好きなのか⁉」

言いながら揺するから、フロルは頭がくらくらしてくる。

「好き……？」

それでも、これだけははっきりしていた。

自分が好きなのはこのひとだ。顔をずっと見ていたいのも、よく通る綺麗な声を聞きたいのも、側にいたいと望むのも、やさしくて時々怖いこの黒髪の男だけだ。

「好き嫌いではございません」

胸の痛みをこらえながら、それでも言葉を絞り出す。

「この状況で戻らなかったら、わたしは一生後悔して過ごすことになるでしょう」

「……俺の側では幸せになれないと言うんだな」

そうではない。違うけれど、ある一面では真実だった。

領民たちの苦難を見ないことにして、ウィステリア皇国の不利益をないものにして、自分だけは幸せに生きるなんてできないだろう。

したくはない。そうしたくはないけれど、彼の意思に反するかたちでうなずいた。

すると彼はその仕草を凝然と見据えていたのち、深い吐息とともに摑んでいた腕を離した。

と、支えがなくなったフロルの身体はその場所にへたりこむ。

「きみの」

言いながら、シオン皇子は一歩下がった。

「そういう気質が好きだった。思いやりに溢れていて、純真で。だがいまは、その気高さが恨めしい」

そうして彼は踵《きびす》を返す。去っていこうとする後ろ姿を眺めながら、きつく唇を嚙み締めた。

これでいい。これしかないんだ。

(でも、本当に?)

突然、その声が聞こえてきて、愕然と目を見ひらいた。

(そんなに思いこまなくてもいいんじゃないかな)

これは魔の森で最初に聞いた前世の湊の声だった。

(僕もまったくひとのことは言えないけれど、ここできみと一緒に過ごしてきたからね。これしかないと思い詰めるのは悪い癖だよ)

だって、ほかに方法が。

(考えてもごらんよ。あの彼に方策がないわけがないじゃないか。彼が知りたいのはきみの覚悟だったんだよ)

覚悟。それはなんだろう。

(きみがあのひとの側にいると決めること。なにがあってもそうしたいと言葉にするんだ。そうしたら、彼が一緒にきみと考えてくれるから)

ただそれだけで……たったそれだけのことなのか。

（うん。だからいま言ってごらんよ）

フロルは拳《こぶし》を握り締め、うなだれていた頭をあげた。

「待ってください」

すると、扉の前まで行っていた男の足がぴたりと止まる。

「僕は」

思うよりも先に身体が動いていた。立ちあがりつつ心の声を溢れさせる。

「あなたと離れていたくない」

そのあとは無我夢中で駆け出した。そして驚く彼を目指し、いきおいよく飛びついていく。

「あなたと生きていきたいんです」

抱きとめられて、広い胸にすがりながら希《こいねが》う。

「だから、その方法を僕と一緒に考えて」

シオン皇子はつかの間絶句していたが、その双眸《そうぼう》には光が宿り、それがまたたく間にあざやかな輝きへと変化する。

「よろこんで」

直後に彼がこちらに顔を近づけてくる。重なる唇をフロルは拒まず、自分からも腕を回して愛する男を抱き締め返した。

「こたびの闘《たたか》いに出征される皆様に加護の力のあらんことを」

フロルの手のひらから光が生まれ、居並ぶ騎士団員の頭上へと降り注がれる。

今回魔獣討伐隊に編成された騎士たちは第一騎士団、第三騎士団から選抜された精鋭で、数も以前と違って一個大隊の体をなす。そして、その指揮官はシオン皇子。

フロルは前回どおりなら彼らの護りと癒やし、それに魔獣から魔障を祓う役目を一身に担うはずだが、今度のそれは少し違った。

「フロル。きみは隊の最後尾についていてくれ。戦況がどうでも、前には出てこないように」

「わかりました」

これは前もって立てられたシオン皇子の作戦の内。フロルは出征に先立って、団員たちに護りの加護を授けると、騎馬を後方に下がらせて殿《しんがり》の位置につく。おなじくフロルの護衛としてオルゾフも馬を下げると、脇から声をかけてきた。

「フロル殿。不肖の我が身ではありますが、目的地までは何者からもお護りします。どうぞお心を安んじられよ」

「ありがとうございます。よろしくお願いいたします」

オルゾフが言う『何者』が誰なのか、お互いにわかっていてそう告げる。

ローラス王子が寄越した返還要求を阻むためにシオン皇子が動いてから、すでに半月近くが経った。その間に、ディモルフォス王国とウィステリア皇国のあいだであわただしく使者が行き交い、最終的には急遽《きゅうきょ》両国間での合同魔獣討伐隊が組織されることになった。

その結果をみちびいたのはシオン皇子で、彼はウィステリア皇帝の名代《みょうだい》としてローラス王子を飛び越えて、ディモルフォス国王と直接やり取りをおこなっていたのだった。

——きみにではなく、イベリス兄上に使者を送りこんだのがあいつの馬鹿さを証明している。

夜遅く戻ってきた屋敷のサロンで、シオン皇子はそう言ったものだった。

——きみに対して、自分の権力を誇示するつもりだったのだろうが、第二王子から皇太子への懸案事項となれば、事態はいくらでも大きくできる。たとえば、あいつの手が届かない状況にもね。

大事になると知って、フロルは震えあがったが、彼の言いぶんはまた別で——こういうのはさっさと公にしてしまうに限るんだ。そのほうが相手方の歪みや弱みがはっきりとするからね——そんなふうに嘯《うそぶ》く男は不敵な笑みを浮かべていて、こんな際なのにフロルはうっかり見惚れてしまった。

——きみの返還要求には応じない。しかし、苦しむ領民たちは救済したい。この両方を叶《かな》えるには、ローラス王子を引っ張り出す必要がある。

――と、言いますと？

――ウィステリア側には俺ときみが、ディモルフォス側にはローラス王子と聖女様が。その図式を明らかにさせ、かつわれわれの優位性を両国間に知らしめる。そうすれば、ウィステリア皇国側はフロルをこちらの人材として認識し、囲いこむ政策をおこなうはずだ。

自信ありげにシオン皇子はそう告げた。

――そのための手はすでに打ってある。ただ……。

――なんでしょう。

――今回の要になるのはきみの力だ。しかも、それは容易《たやす》くない。俺としてはきみをどこかに隠してしまって、外の風には当てたくないと切に願っているのだが。

――それは……困ります。

もしそうなれば、外圧はすべてこのひとの上にかかる。それで安閑《あんかん》としていられるほどフロルの神経は太くなかった。

――うん。きみなら絶対そう言うと思ってね。だけど、すごく危険な役目だ。きみはそれでもいいのかい。

――はい。どんなお役目もよろこんで引き受けます。

――じゃあ、いまからその内容を説明するよ。もしも無理だと思ったら、断ってくれていいから。

そんな前置きがあってから、フロルに知らされた役目とは。

「緊張されておられますか」

馬を走らせつつ、フロルがしばし考えこむ様子でいると、横からオルゾフが心配そうに聞いてくる。

「いえ。平気です。むしろやる気でいっぱいです」

オルゾフの気がかりはある意味ではもっともで、フロルはこれからファンガストの森の奥に向かっていく。昨今、魔障を撒《ま》き散らす黒い穴が拡大していて、それが魔獣の増殖する原因であるからだ。

このたびフロルに課せられた使命とは、その穴に限界まで近づいて、癒やしの魔法をかけること。魔障を祓えるフロルの力は、闇の魔力にも拮抗できる。その黒い穴が消滅とまではいかなくとも、拡大を止められるか、あるいは縮小できるならば、魔獣被害は食い止められる。

それを企図しての作戦だから、まずは騎士団が可能な限り魔獣を撃退、そのあいだに別働隊のフロルたちが魔の森の奥へと赴く段取りだ。

「とはいえ、くれぐれもご用心を。わが皇国魔術機関の魔術士たちが、こたびは同行くださっておりますが、魔獣以外にも脅威は充分ございますから」

フロル殿になにかあったら、シオン様に殺されてしまいます。オルゾフが実感のこもるぼやきを洩らすから、半分は困り、もう半分は照れながらうなずいた。

「わかりました。充分に注意します」

脅威とは、ローラス王子や、彼の部下の騎士たちに遭遇したときのことだ。おそらく彼らはかつて断罪した者に対して害意を剝き出しにするだろうし、それとは逆に氷晶の神子という存在に価値を見出《みいだ》しているのなら、あちらの陣営に取りこもうとしてくるはずだ。

そして、そうした事態に関してはすでにシオン皇子から幾度となく聞かされていた。

——あいつの言葉に動揺してはいけないよ。なにがあっても、きみは俺のものだからね。

——はい。シオン様。

——ああもう。俺はどうしてこんな作戦を立てたんだろう。やっぱりいまからきみをどこかに隠そうか。

——大丈夫です。きちんとお役目を果たしたあとは、あなた様のお屋敷にまっすぐに戻ります。

——本当に、本当だよ。

——はい。約束は守ります。

そんなふうなやり取りを何度もして、フロルはいま魔の森に騎馬で入ろうとしているところだ。

先発隊はすでに森へと馬を入れ、魔獣たちとの戦闘態勢を取っているところだろう。

フロルたち一行が木々の間を駆けてしばらくしたのちに、距離を隔てた前方からおだやかならぬ物音が聞こえてきた。

「早速はじめているようですね」

騎士たちの掛け声や、魔獣たちの唸《うな》り声が交差して、すでに闘いの火蓋《ひぶた》が切って落とされていると知る。

シオン様はどこだろう。フロルが思わず騎馬の足を速めると、脇から制止の声がかかった。

「そんなに急いではなりませんよ。われらの目的は違うのですから」

「あ……すみません」

不安のあまりに、つい気持ちが逸《はや》ってしまった。今回は皇国魔術機関から派遣された魔術士たちが来ているから、自分の出番はないというのに。

「騎士たちの盾となろうとされるそのお気持ちは尊いですが、ひとまずは彼らにまかせて、われらはそろそろ方向を変えましょうか」

オルゾフに諭されて、フロルは馬首をめぐらせる。

「わかりました。では、一刻も早くあの場所に向かいましょう」

フロルに付き従うのはオルゾフほか数名の騎士たちだ。第三騎士団員のみで成《な》るこの編成は、いずれも腕におぼえのある者たちばかりで、騎馬の扱いにもすぐれている。木々が茂る森の中でもこちらの前後にぴったりとついて駆け、かなりの距離を稼いだのちに、さらにその右前方から聞こえてくる争闘の物音を耳にする。

「オルゾフ殿」

「あれはディモルフォス王国側の騎士たちのようですな」

副団長は馬上から伸びあがって、先の光景を見晴るかす。

「こちらが見つかるとまずいですから、しばらくはここで待機していましょう」

両国間の合同討伐隊の編成とは言うものの、騎士団同士の混成部隊というわけではない。同日、同時刻に、互いの領土から魔の森に討伐隊を送りこむというだけだ。

親交国同士ではあるけれど、積極的に互いの戦力を詳《つまび》らかにしたいわけでは当然なく、結果としてこういう形になったのだ。

フロルたちはローラス王子の部隊とかち合うのを避けて、樹木が密になった場所で馬を留めて待つことにした。

「彼らもいずれ魔獣どもを追いかけて、場所を移動するでしょう」

それまでのあいだです。オルゾフはそう言ったが、どうやら戦況は予測どおりにはならないようだ。森の中でも木々が少なくひらけた場所を彼らは選び、魔獣たちと対峙《たいじ》しているようだったが、遠目に見ても騎士たちの動きは鈍い。

ローラス王子直属の部下ならば、もう少し腕が立つように思っていたが、実際には違ったらしい。魔獣たちの気迫に押され、ともすれば及び腰になりがちだ。

戦況を眺めるフロルは、剣を振るう騎士たちの中に、かつて自分を捕らえて手枷《てかせ》をつけ、この森の木に縛りつけて去っていった顔ぶれを見て取った。

「フロル殿……？」

表情を翳らせたのがわかったのか、オルゾフが硬い面持ちで諫《いさ》めてくる。

「しばしの我慢を。ここで出ていってはなりませんよ」

その言葉には声も出せず、うなずく仕草で応じるだけだ。

自分の断罪に手を貸した騎士たちを恨んでいるわけではない。ただこんなにも遠くなったおのれの立ち位置に胸苦しさをおぼえるだけだ。

以前は何度もあの騎士たちの後方支援をおこなってきた。けれどもいまは彼らが魔獣に押される格好で後退《あとじさ》り、みるみるうちに陣形が崩れていくのを眺めるばかりだ。

「聖女様はお出ましになっておられないのでしょうか」

オルゾフはそれを不思議と見たようで、ふたたび馬上から遠方に目を凝らす。

「あそこの……馬車がおそらくそうでしょうかな」

見当をつけた彼がそうつぶやいたとき。

「お。馬車が動き出しました。どうやらこの場から立ち去っていくようです」

オルゾフが言うとおり、豪華な仕立ての馬車はローラス王子や騎士たちを置き去りにこの場から離れていく。あわてたのはローラス王子で、なにか大声で叫びながら馬車の後を追いかけはじめた。

「ありゃ。なにをやっているんですかな。聖女様が逃げ出して、そのうえに指揮官までも離脱しては、隊の陣容が総崩れになってしまう」

オルゾフがこんなふうに呆《あき》れるのも無理はない。ただでさえ苦しい状況だったのに、騎士たちの旗頭が真っ先にいなくなれば、なんのために闘うのかわからなくなってしまう。

最悪の状況にフロルはそちらへと馬を動かし、木々の陰から出る寸前に手綱《たづな》を引いた。

「フロル殿」

「すみません。約束を忘れてしまうところでした」

潰走する騎士団を助けることはもはやできない。自分と彼らとはすでに道が分かたれているのだから。追いついてきた男にあやまり、本来の目的地へと馬を向けようとしたときだった。

「上です！」

頭上の動きに気がついて、オルゾフが警告の叫びを発する。

フロルたちの動きを見つけて、翼を持つ魔獣が一羽こちらに襲いかかってこようとしている。とっさにフロルは魔獣めがけて光を放つ。と、その魔獣は、まばゆい輝きが消えたのちには鷹《たか》の姿に形《なり》を戻し、飛ぶ方向を反転させると森の上空へ去っていった。

「さすがですな。助かりました」

感嘆の口ぶりに応答しようとして、しかし結局はできなかった。豪華な鎧《よろい》を着こんだ騎士がこちらのほうに馬を走らせてきたからだ。

疾走する騎馬に乗った男は兜《かぶと》をつけておらず、茶色の髪とその顔立ちが判別できる。

「ローラス殿下」

さっきの光でここにいるのが誰なのかわかったのだ。とっさに動けないフロルの周りを、オルゾフを先頭に護衛の騎士たちが円陣を組んで囲む。

「やっぱり、そこにいたんだな！」

ローラス王子がただ一騎で駆けてきて、フロルたちの少し手前で手綱を引いた。

「なにをしている。さっさとあれをなんとかしないか」

怒鳴りつけられ、殺気立ったのはフロルではなくオルゾフをはじめとする騎士たちだ。

「フロル殿。あの馬鹿者を追い払ってもよろしいか」

剣に手をかけての質問に、しばし固まっていた身体がほどけた。

「いえ。わたしがお答えいたします」

そうだ。落ち着け。もう二度と過去に引きずられることはない。

自分にそう言い聞かせると、かつての主人と正面から向き合った。

「わたしにはどうすることもできません。それよりも、あなた様は部下の許にお戻りくださ い」

「じゃあ、おまえも来い」

おまえがさっさと帰国してこないから、こんな事態になったのだ。叱責されて、反射で身がすくんだけれど、自分の馬を動かそうとは思わなかった。

「わたしはすでにウィステリア皇国の人間です。心も身体もこの国にございます。他国の王子殿下にしたがうわけにはまいりません」

「他国だと。笑止だな。そっちの国でもさぞかし便利に使われているのだろう。いずれ使い潰されて捨てられるのが落ちだろうに」

「……なにを」

気色ばんだ副団長に「オルゾフ殿」と声をかけて押し留める。そのあとで、ディモルフォス王国の第二王子に向き直った。

「そうですね。あなた様の国ではそのようになりました。ですからわたしのことはもうお忘れになりますように」

「よし。そうまで吐《ぬ》かすなら忘れてやる。おまえがあの魔獣たちをなんとかしたらな」

ごり押しされても気持ちは少しも変わらなかった。

もしも怪我をしているひとが目の前にいるのなら、たとえディモルフォス王国の誰であろうと求めに応じて癒やすだろう。

けれども、この王子にしたがって元の国に帰ろうとは思わない。

いまはもう孤独の内に死にたくないし、絶対にあのひとを独りぼっちにさせないと心に決めているのだから。

「わたしよりも聖女様をお戻しになり、王子殿下も戦列に復帰なされるのがよろしいかと」

ここでローラス王子と言い合いをしているあいだも、騎士たちは魔獣に追われて傷ついている。それをいくらかでも立て直せるのは癒やしの力を持つ聖女様と、指揮官であるこの王子だけなのだ。

「うるさい。説教など聞きたくない。おまえは俺にしたがっていればいいんだ！」

このひとはこんなにも子供っぽく愚かな人間だっただろうか。

たぶんそうだったのだろうけれど、自分がかつて彼の側近であったころは一生懸命に尽くしていた。

でも、それはすでに過去の出来事だ。

あのとき王子に断罪されて、他に途がないままに入りこんだこの国で、自分は真《まこと》に仕えるべき相手を見つけ、愛するひとにめぐり会えた。

そう思えば苦い気持ちもすべて流れ、これからしなければならない役目へと心が向かう。

「ローラス王子殿下。以前にはできませんでしたお別れを申しあげます。わたしのことは永遠にお捨て置きくださいますよう。そして、どうか一刻も早く王子殿下としてのあなた様の本分にお戻りください」

心からの言葉を告げると、馬首をめぐらせて駆けさせはじめる。

その動きにしたがってオルゾフたちも騎馬を走らせ、そこからは速度を上げてふたたび密になる木々の中に駆け入った。

「さすがに追ってきませんな」

斜め後ろからよく通る声音でオルゾフが言ってくる。

「まあ、山よりも高そうな自尊心がそれを許さないのでしょうが。あれではディモルフォス王国側の討伐隊は壊滅ですな。いい恥晒しになりそうな案配です」

少しだけ面白そうな気配がするのを、フロルは不謹慎だと咎める気にはならなかった。

聖女様も、ローラス王子も、おのれのするべき責務から逃れてしまった。その結果はいずれ自身が負わねばならない。

そして、自分もこれからするべきことがある。いまはそれに気持ちを集中させるだけだ。

「黒い穴の近くに来たら、オルゾフ殿たちはそこで馬を止めてください」

これは事前に打ち合わせをしたとおりで、猛威を振るう魔障の根源に近寄れば、かならずなんらかの障害が出る。騎馬が魔獣になるかもしれず、もしそうなれば騎士たちも無事では済まないにちがいない。

そうしてさらに森の奥へと進んでいったフロルたち一行は、やがて目的地に差しかかり、予定どおりの場所で騎馬を留めると、フロルだけが馬を降りた。

「フロル殿。やはり俺もついていきます」

オルゾフが唸り声をあげるのに「いいえ」と相手を制止する。

「大丈夫です。シオン様と僕は約束しましたから。これが終わったら、まずまっさきにあなた様のお屋敷に戻りますと」

どうかそこにいてくださいと言い置いて、フロルは徒歩で黒い穴のある場所を目指した。鬱蒼《うっそう》と生い茂る藪《やぶ》を進み、しばらくすると、円形にひらけたところにたどり着く。

「……これは」

想像していたよりも、黒い穴は闇の気配が強かった。この深淵の底になにかが蟠《わだかま》り、しきりに蠢《うごめ》き、這い出そうとしているのが、視力によらずとも伝わってくる。

それが生き物なのか、そうでないなにかの思念の塊《かたまり》なのか、そこは判別できないが、その闇の波動が活性化しつつあるのは感じられた。

自分ひとりの力では無理かもしれない。一瞬弱気になった気持ちを叱咤《しった》して立て直す。シオン様はいまも魔獣と闘っている。魔術士の皆様も、騎士の方々もそれはおなじだ。逃げてはいけない。自分の最善を尽くすのだ。

フロルは地に足を踏みしめて、真っ向から猖獗《しょうけつ》を極めている黒い穴を視野に収める。そうして魔力を自分の体内にめぐらせると、白い光を射放《いはな》った。

「……ッ」

注ぎこむ癒やしの魔力がどんどん穴に吸いこまれていくのがわかる。フロルがどれほど時間をかけてその箇所に流しこんでも、次々に消費されてしまうのだ。

もっと力を。さらにたくさん。

ありったけの力を放出し続けて、しかし穴の底部にいる『そのモノ』は、弱る気配を見せなかった。

おそらくは……フロルは貧血に似た感覚を味わいながら、そのことに気がついた。

あれはきっと自身の核にしているものの扉を厳重に閉ざしている。だから、どんなに癒しの力を注いでも、その中心まで届かないのだ。

けれどもあれの扉をひらく方法がわからない。その力も持っていない。

「……シオン様」

かつてこの森に捨てられたとき、自分は愛を知らないままにたった独りで死んでいくと思っていた。

でもいまはそうじゃない。

たとえこの場にいなくても、たったいまこのときもあのひとと共にいる。愛するひとが寄り添ってくれている。

それが信じられるから、持てる力のすべてでもってこの闇を祓うだけだ。

もう少し。まだできるから。

ともすればふらつきそうな自分の身体を叱咤して、残る力を注ぎこもうとしたときだった。

「待たせてしまってすまないね」

え……っ？

ふいに背後から声が聞こえた。ここに現れるはずのない男のものだ。

驚きに固まる身体を彼は背後から抱き支え、綺麗な声音をこちらの鼓膜に響かせてくる。

「俺にできることはあるかな」

あまりのことに返事ができない。何度か息を吸ったあと、ようやく言葉が絞り出せた。

「シオン様。どうしてここに」

「魔獣討伐もあらかた片がついたから。魔術士たちも騎士たちもずいぶんと頑張ってくれたんだ」

「だ、だからといって、指揮官のシオン様が隊を離れてしまっては」

「うん。それは大丈夫。フロルのところに行くと言ったら、皆が激励してくれた。ことに第三騎士団の連中は、早く向かってくださいと口々に叫んでいたよ」

危険きわまりない穴の前で、彼はなんでもないふうに聞いてくる。

「それで、なにをすればいい」

「でしたら、ここから離れてください」

「それは無理な注文かな」

「あぶないんです」

「騎士団長に危険を避けろと忠告してくれるのかい」

少しばかり笑みを含んだ声で言う。

「気持ちはとてもありがたいんだが、俺は絶対大丈夫。きみがこうやってついていてくれるからね」

自信たっぷりに耳元でささやかれ、どんな反応を返していいのかわからない。と、そのときだった。

密着した身体からふわりと感じてくるこれは。

あれ……？　まさか、この匂いは。

「シオン様。もしかしてあのサシェを」

この香りはそれだった。以前にフロルが贈ったものの、結局彼の枕元には置かれる様子がなかったので、どこかにやられたままなのかと思っていたのに。

「きみからもらった大事な贈り物だからね。香りが消えてしまわないよう小箱にしまっていたんだが、今回は身につけてきた」

「ど、どうして……？」

「きみが側にいなくても、一緒にいると思えるから」

「っ、それって、僕も……」

おなじだった。

このひとがいる限り、自分は決して独りじゃない。離れていてもふたりは互いに寄り添っている。

そのことをずっと実感していたから。

「……シオン様」

これはたったいま考えた思いつき。うまくいくかどうかはわからない。けれどもこのひとといるのなら、試してみる価値はある。

「なんだい」

「シオン様の魅了のお力を貸してください」

「俺の？」

これは意外だったのか、彼が驚く声で言う。

「そんなものが、なにかの役に立つのかい」

フロルは穴の深部に『そのモノ』がいることと、それが扉を閉ざしていることを打ち明けた。

「核の扉をこじ開けるのは僕の力では及びません。でも、魅了の力をもって『そのモノ』を惹きつけられれば、相手の防御が弱まると思うのです」

これは本当に一か八《ばち》かの賭けだった。

だけど、ひとりなら無理なことでも、ふたりが力を合わせればきっと可能になるはずだ。

「シオン様なら絶対できます」

「そんなふうに期待されたら、俺としては恋人に応じなければならないね」

口調は軽いが、決意を秘めた声音だった。

「俺の魔力を全部きみにあげればいいかい」

「はい。シオン様と僕のぶんとを撚《よ》り合わせて、穴にいる『そのモノ』にぶつけます」

「それならきみの準備ができたら合図をくれ」

ふたりとも、もしこれに失敗したらあとがないと知っている。それでもやる。このひとと一緒ならかならずできると信じているから。

フロルは大きく息を吸って、全身から気を集めると、自分が唯一愛するひとへと声をかける。

「シオン様っ。いまです！」

背後の男に合図をして、フロルは全身全霊の力を絞るや、闇の核心に向かってそれを射放った。

白と紫に撚り合わさった光の束は、猛烈ないきおいで穴の中に注ぎこまれ、ややあってから耳を塞ぎたくなるような異音がそこから轟いた。そして、深淵の底部でなにかが爆発したような地響きがして、次の瞬間には穴から突然銀色の輝きが噴きあがる。

激しい地鳴りと、目を眩《くら》ませる銀の光に五感を奪われ、フロルの意識はいつしか遠くなっていった。

「フロル様。今朝はいいお天気でございます。よろしかったら、外の東屋に朝食のお席をご用意いたしましょうか」

「ええ、そうですね。でしたらそれまで少し庭を歩いてきます」

青空の下、自室から建物の外に出て、フロルは爽やかな風に吹かれてそぞろ歩く。

やがて庭園の一角に咲き誇る綺麗な花々の群れを見つけて、やわらかな笑みをこぼした。

ああそうだ。この花を乾燥させて、あのひとのサシェに詰めていたんだった。

いい香りの花を摘んで、フロルが脳裏に浮かばせたのは、シオン皇子が必死になって自分の名を呼ぶ声だった。

——フロル、フロル……ッ。ああ、フロルッ。目覚めてくれた……!

闇の穴にふたりの魔力を注ぎこみ、力尽きて倒れたフロルが次に目を開けたときには、ベッドに寝かされていた。

——あ……ここは、どうして?

——きみの部屋だ。きみはあれから丸三日間意識が戻らないままだったんだ。

枕元でフロルの手を握っている男の顔はあきらかに憔悴《しょうすい》している。

まだぼうっとしたままになぜなのだろうと考えて、ようやくそれに思い当たった。

あの森で……闇の波動を鎮めるために、このひとはすべての魔力を自分に預けてくれたのだ。

――シオン様。お顔の色が悪いです。

癒やしの力でお治ししますと、起こしかけた上体をそのまま掬いあげられて、彼の胸に抱き取られる。

――本当によかった、フロル。きみがこのまま……。

それきり絶句した男の腕が小刻みに震えている。

――シオン様？

誰にもまして強いはずの彼なのにどうして震えているのだろう。

それに自分を抱きすくめる男の仕草が、まるですがりついてでもいるかのように感じられる。

いったいなにがあったのか。もしもつらいと思うなら、もう大丈夫と慰めたい。

――シオン様。僕はあなたのお側にいますよ……だからもう心配しないで。

そうして重だるい自分の腕を一生懸命動かして、男の背中を撫でようと試みる。

――フロル。どこにも行かないでくれ。愛しているんだ。もしも俺がきみをうしなってしまったら……。

――僕も……あなたを愛しています……ずっと、一緒にいますから。

彼にそう返し、そのあとフロルはふたたび意識を手放してしまったようだが、今度のそれは正常な眠りについたらしかった。

そして、その段でフロルの枕元につききりでいたシオン皇子がようやく休息を取ったのだと、メイドたちから知らされたのはもう少しのちのことだ。

やがてひとときの眠りから目覚めたフロルは、ベッドの脇に据えられた椅子に座って目を閉ざしていた男を見つけた。

――ごめんなさい、シオン様。

こんなに心配をかけてしまって。

そして……ありがとうございます。

ちいさく告げて、フロルは彼にこっそりと癒やしの魔法を降り注いだ。

バレなければいいのにと思ったけれど、彼はすぐに目蓋《まぶた》をひらき、苦笑してこちらを見やる。

――きみはまだ安静にしていなければならないんだよ。

――すみません。だけど。その。

――あやまらなくてもいいさ。魔法が使えるくらいに回復したのならなによりだ。

そう言われ、額にキスをもらったのが、いまから十日前のこと。

フロルの容態に問題がないことを見極めてから、彼はこの屋敷を出たままになっているが、部屋には日毎《ごと》に、花や、菓子や、果物などが届けられ、短い文のメッセージカードもそれらにはつけられていた。

いわく、『しっかり養生するんだよ。まだ当分はベッドの中にいてほしい』『薬作りはいまは忘れて、きちんと食べて眠ること』『回復期には静養が大事だから、無理は絶対にしないように』などなど。

屋敷の使用人たちもシオン皇子によほど言い含められているのか、フロルが部屋から出ようものなら血相を変えて飛んでくる。それで、結果として申し訳ないくらいに怠惰な日々を過ごしていた。

このあいだに自分がしたことと言ったら数えるほどだ。

ひとつめは、もらったカードと贈り物の礼を書いた手紙を出すこと。ふたつめは、彼のために作り置きの回復薬を届けること。最後は、正装を仕立てるための仮縫いに立ち会ったことくらい。

——これはなんのためなのでしょう。

着せられた衣装があまりにも美しいので、面食らって仕立て屋に訊ねてみたが、はかばかしい返答は得られなかった。

——わたくしどもにはわかりかねます。

その一点張りで、メイドたちもくわしくは知らないようだ。

彼への手紙で聞こうかとも思ったけれど、忙しいに違いないシオン皇子にあれこれ聞くのもはばかられる。

いつかはかならずあのひとは戻ってくる。自分はそのときを待つだけだと、フロルはその後の四日間を静かに過ごした。

そして、五日目。フロルが昼食を摂ったあとに、この屋敷の主人がようやく玄関に姿を見せる。

「おかえりなさいませ、シオン様」

「うん。ただいま」

しばらくぶりの彼の顔を見たとたん、いくつもの感情がいっせいに湧き起こる。

会えてうれしい。だけど、ちょっと痩《や》せたみたいだ。それが心配で、けれどもいつものように微笑んでいる彼を見ると、安堵と一緒に飛び立つような心の弾みが生まれてくる。

ちゃんと帰ってきてくれた。本当に本物だ。触れても消えたりは……しないはず。

ちょっぴり不安になってきたら、まるでそれを察したみたいに彼が手を握ってきた。

「ちゃんとここにいたんだね。どこにも行ってしまわないで」

フロルが消え失《う》せてしまうことを恐れてでもいるかのように握り締めてくる力の強さに、彼もまたおなじ想いを抱えているのだと気づかされる。

「シオン様……僕はずっとここにいました。ここであなたのお帰りを待っていました」

そう告げて、両手で彼の手を包みこむと、食い入るようなまなざしがいくらか緩む。

「身体の具合はどうだった？　夜は眠れているのかい。食事はちゃんと食べていた？」

矢継ぎ早の質問は、フロルのほうも案じていたことだった。

「シオン様こそ昼の食事はお済みですか」

「きみのくれた回復薬があるからね。そのお陰で平気だよ」

問いかけへの返事ではなかったけれど、彼はフロルの手を持ちあげると、その甲にキスしてきたから疑問は頭から飛んでしまった。

「きみと一緒にサロンで紅茶が飲みたいな」

「はい。シオン様」

それでふたりして別室に移動する。

いつ旦那様が戻ってきてもいいようにととのえられたサロンに入り、そこのソファに並んで腰掛け、給仕を済ませたメイドがこの場を下がってから、あらためてふたりは顔を見合わせる。

「フロル」

「はい」

「会いたかった」

心のこもったまなざしと声の響き。

「僕もです」

かすれる声でそう返す。すると、紫色の眸がゆっくりと近づいてきて、自分のすぐ間近まで。

キスされる……？

思わず目を閉じたけれど、待っていても何事も起こらない。どころか、両肩を摑まれてぐいと引き離されたので、困惑しつつ目蓋をひらく。

「あの……？」

「くらっときた。あぶなかった」

彼はフロルの両肩を持ったまま、視線だけを逸らしてつぶやく。

「いまきみにキスしたら、完全に暴走する」

「……はい？」

「ところで」

唐突に彼が言って、こちらのほうに向き直る。

「このあと俺と出かけてほしい場所がある」

「えと……はい」

どこなのだろうと思ったが、すぐに回答がもたらされる。

「皇宮だ。そこで、きみが皇帝から授けられる叙爵《じょしゃく》の儀がある」

「は……ええっ？」

さっきまでの甘やかな気分が一瞬で吹き飛んだ。

叙爵とは、自分の知っているあれのことなのだろうか。けれどもなぜ、なんのために？

「きみはこの国で伯爵の位《くらい》を賜る。ただし、領地はなく、一代限り。だが貴族としての名誉と地位はきみの生涯を通じて保たれることになる」

「そ、それは」

どう思っていいのかわからずに、フロルは目を白黒させる。

「辞退はできない。わかったね」

念押しされて、一も二もなくうなずいた。

一国の皇帝が授ける爵位を断りでもしようものなら、不敬罪で首が飛ぶ。

「ですが、理由がわかりません」

せめてそれだけは教えてほしい。まなざしでその気持ちを訴えると、相手はおもむろに口をひらいた。

「きみにはそれに値する充分な功績がある。あとは」

彼は一拍置いてから言葉を継いだ。

「俺の私情が多分に含まれている」

「私情、ですか?」

どんなものかわからずに、悩んだ顔をしていたら、それを察して教えてくれる。

「きみはこの国では平民の身分だと自分で思っているだろう。そして、この俺は皇族だと」

そのことは事実なのでうなずいた。

「だけど、それでは俺の気持ちが収まらない」

ひと息吸って、彼がいっきに述べてくる。

「きみは俺の大事なひとだ。誰よりもなによりも大切にしたいひとだ。だから、きみの立ち位置をととのえた。これで今日からきみはこの国の伯爵閣下だ。しかも、皇帝陛下、皇太子殿下、そしてこの俺がひいきにする人物だ。これなら文句がないだろう」

「も……文句は最初からありませんが」

ただたんに畏《おそ》れ多いと思ってしまっただけなのだ。

「それなら俺を敬称なしで呼んでごらん」

「で、でも」

「でもはなし。あと、俺に対してうやうやしい言葉遣いも態度もなしだ」

さあさあと彼がうながす。完全に追い詰められた格好で、おずおずと呼びかけた。

「シオン?」

「そう。もう一回」

「シオン……」

様をつけたいのを、かろうじてこらえて言った。

「よくできた」

言って、彼がフロルを両腕で囲いこむ。それから急いで身を離した。

「駄目だ、あぶない」

そのあと彼はそそくさと立ちあがった。

「それじゃ身支度をお願いするよ。メイドたちに指示を出しておくからね」

おだやかな半月あまりから一転してこの目まぐるしさ。フロルは彼に言われるままに儀礼用の衣装に着替え、玄関で待っていた男とともに馬車に乗りこむ。

「すごく綺麗だ。よく似合っている」

今日のためにフロルに用意された衣装は、氷の海を思わせる薄青い色の生地に、白と銀の繡《ぬいとり》があるものだった。対して、シオン皇子が纏うそれは、深海の色にも似た深い青の生地に、銀と緑の飾り縫いがほどこしてある。

「シオン様、ではなくて、シオンこそ素敵です」

「お褒めにあずかり光栄だね」

そう言って、向かいの席から彼がフロルの手を取るや、うやうやしい仕草で口づけを落としてくるから、ただでさえ騒がしいこの胸の鼓動がますます速くなる。

「あの……っ」

皇宮までの道のりをこれでは心臓が持ちそうにない。

フロルはあえて甘くはないと思われる話題をこの場に持ち出した。

「少しばかり聞かせてもらってもいいでしょうか」

「うん。なに？」

「あなたはあの折に、僕とローラス王子殿下とがかち合うことを計算しておられましたか？」

ファンガストの森の中で、自分がこのひとと別行動をしていたときに。

「計算していたとして、俺がいったいなんのためにそうしたのか言ってごらん」

うながされて、フロルは以前から考えていた自分の推測を口にした。

「その理由はふたつあるのかと思いました。ひとつめは、ローラス王子と直接対面すること で、僕があの方に訣別の意思があるのをはっきりと自覚すること。もうひとつは……時間稼ぎじゃないでしょうか」

「俺がなんの時間を必要としたのかな」

「あなたは最初から魔の森の穴の前で僕と合流する予定でした。王子殿下に時間を割けば、そのぶんだけ到着が遅くなる。つまり、計画の最初から僕をひとりで向かわせるつもりはなく、ふたりで事に当たる気でいたのかと」

「信用されていないと感じた？　きみだけに大任はまかせられないと俺が思って」

フロルはあいまいに首を振った。

「それは……わかりません」

「正直なところを言おうか」

フロルは唇を引き締めてうなずいた。

「俺はあいつが気に入らなかった。きみを冷酷に扱っていたくせに、自分の力が足りなければきみを簡単に呼び戻そうとしたところとか、無駄にえらそうな気性とか、自分や周りを客観的に判断できない部分とか、聖女様に目がくらんで阿呆面《あほづら》を晒しまくっているところとか。そんなやつなのに、きみがあいつへの忠誠心を捨て切れていないのが、ものすごく癪《しゃく》だった。だから、この際すっぱりと未練を断ち切ってもらおうと考えたんだ」

王子への評価が思いきりぼろくそで、思わずぽかんと口をひらいた。

「魔障の根源であるあの穴に、きみをひとりで行かせるつもりは端《はな》からなかった。きみの力を信じていないわけではなく、ただ俺が嫌だったから。もしもきみになにかあって、たったひとりで傷ついて倒れている姿を見たら、俺は一生後悔する。だから、一石二鳥の案としてオルゾフを含む別働隊を組織したんだ」

つまり……あの作戦は、このひとの私怨で、私情で、いたわりで……愛情から出たものだった？

「こんなことを聞かされて、俺が嫌いになったかい」

顔を曇らせて彼が問う。まるでこちらの機嫌を損ねて、しょげているような様子を目にして、フロルの胸に温かな情感が広がった。

あの作戦は確かに彼の私情から生まれてきたのかもしれない。けれど、そのために自分の騎士や魔術士たちを駒のようには使わなかった。

自分がいつだって最前線で闘って、そのうえでこちらを助けに来てくれた。そして、自身が持てる限りのありったけをほんの少しもためらうことなく与えてくれた。

「嫌いになんかなりません」

「本当に？」

「はい。あなたのことがもっと好きになりました」

深い愛情と剛《つよ》い心。彼のそれは疑う余地がまったくない。

見つめ合って、つと彼が伸ばした指で白銀色の髪に触れる。そして、前のめりに上体を傾けてきて……そこでいきなり身体を戻した。

「いまはまずい」

なにかを振り切るように彼が頭を何度か振る。それからこちらに目を据えて、はっきりと宣言してきた。

「帰ったらきみを抱くから」


それからの時間は、まるで雲の中にいるようなふわふわしたものだった。

——帰ったらきみを抱くから。

その言葉が繰り返し頭の中に響いていて、フロルはほとんど上の空で叙爵の儀に臨んでいた。ただ、貴族としての儀礼はすでに身に染みているから、表面的には適切な言葉や振る舞いで対応できたようだった。

今日の儀式においては皇帝陛下に伯爵の位とノイエンタールの家名を賜り、そののちは新伯爵の披露会に主役として出席する運びになる。

この催しの準備はフロルの知らぬ間に完璧《かんぺき》にされていて、主役の自分はただ微笑みつつ挨拶し、おもだった貴族たちが祝福の言葉をかけにくるのに卒《そつ》なく応対しているだけだ。

披露会はひとときのこととはいえ、皇帝陛下や皇太子殿下の臨席もあり、集まった貴族たちはフロルの美しさや癒やしの力を褒めちぎった。

「ノイエンタール伯爵閣下。こんど我が屋敷にもぜひおいでくだされ」

「あら、それならわたくしの領地にもかならずお越しくださいませね」

「それにしても本当に素晴らしい着こなしですこと。それにそのお髪《ぐし》。まるで輝く白銀ででできているかのようですわ」

「先日の魔獣討伐の折にも素晴らしい功績をあげられたとか」

「あれは隣国との合同討伐と聞いていたが、我が国とは反対にあちらの国の王子殿下は」

どうやらローラス王子の駄目っぷりが両国間では失笑をもって喧伝《けんでん》されているらしい。そして王子はそれがためにディモルフォス国王陛下から厳しい叱責を受けたうえに、当面蟄居《ちっきょ》を命じられているという。

いい恥晒しとあの折にオルゾフは言ったものだが、そのとおりの評価がローラス王子に下されて、すっかり立場をなくしてしまったようである。

「それにくらべて、シオン皇子殿下のほうは立派な勲《いさお》を立てられたようですわね」

「そうそう。あの方は騎士や魔術士の先頭に立って魔獣と闘い、さらには魔障の根源である黒い穴の鎮静化に成功されたそうじゃないか」

「でしたら、さぞかし陛下はシオン殿下を国の誉《ほま》れと思《おぼ》し召《め》しておられるのでは」

「そうでしょうな。シオン殿下もわが国の柱石《ちゅうせき》として、そろそろ身を固められてもおかしくはありませんぞ」

「ですから、あれあのようにご令嬢方が殿下の周りに」

フロルを囲んでいた貴族たちが扇の先で示した方向に視線を向ける。

彼らが見たとおり、黒髪の貴公子は色とりどりに華やかなドレスを纏う女たちに囲まれていた。そして、その場にいるどの令嬢もうっとりとシオン皇子を見あげている。

まるで自分の恋しい男を眸に映しているかのように。

「おや。ノイエンタール伯爵様、どうなされましたかな」

知らず、頬が強張《こわば》っていたようだった。努めて平常心をよそおいつつ、フロルは視線を令嬢たちのほうから逸らす。

「いえ、なんでも。ただ……ここは少し暑いように感じてきました」

あちらで夜風に当たろうと存じます。そう断って、貴族連中の輪から外れる。

そうしてバルコニーのほうへと向かい、会場から離れた場所で爽やかな空気を吸うと、ほうっとため息がこぼれ出た。

気にしたってどうしようもないことだ。

フロルはバルコニーの手すりの前で、苦しい想いを浮かばせる。

貴族社会なら当然のこと。いくら自分があのひとを好きだとしても、結婚は別ものだ。シオン皇子ほど周囲からみとめられ、尊敬を集めている人物ならば、皆がこぞって縁戚になりたがる。

名家の令嬢との婚姻。ごく近いうちにそんなことが起こっても不思議はないのだ。

もしもそのときが来てしまったら、自分はいったいどうすればいい？

離れる？　あきらめる？　おめでとうと笑ってみせる？

たぶん……きっとどれもできなくて……いっそこの世から消えてしまいたくなるだろう。

「フロル」

手すりに手をかけ、会場に背を向けていたために背後の人物に気づかなかった。振り向くと、そこには美々《びび》しい装いの第三皇子が立っている。

誰かは声ですでにわかっていたけれど、近くでその姿を見てしまうと、やはり心が痛くなる。

「どうしたんだ、こんなところで。気分でも悪くなったか」

「いえ……でも、そうですね。少し人に酔ってしまったみたいです」

元気がないのをごまかしてもすぐ気づかれる。苦し紛れにもっともらしい言い訳をこしらえた。

「ですが、夜風に当たったらずいぶんましになりました」

会場に戻りますと彼に言う。それから自分が入ってきた窓のほうへと歩き出せば、

「待ってくれ」

呼び止められて、平静をつくろって返事をした。

「はい。なんでしょう」

「その。きみのご両親のことなんだが」

一瞬ためらってから、彼が切り出す。

「使者を遣わして叙爵のことを知らせておいた。今度の件で安堵もし、よろこんでもおられたので、そのうちきみにも文《ふみ》が届く。きみが実家に戻るのはいまはまだむずかしいが、文のやり取りだけでもできればいいと思っている」

「それは……ありがとうございます。両親のことについては、僕も長らく気にかかっていたんです。お手数をかけてしまってすみません」

微笑んで言ったのに、彼はまなざしを険しくした。

あ、どうしよう。これはまずい展開だ。なんとかしなければと内心では相当にあせるけれど、下手なごまかし以外にはなにも思いつかなかった。

「あの。いつの間にかここに長く居すぎたようです。そろそろ中に戻らないと」

さらになにか言われる前にと、急ぎ足で彼の脇を過ぎようとして、ふいに二の腕を摑まれた。そうして強引に振り向かされる。

「きみが思っていることを正直に言ってごらん」

「あ……僕は、なにも」

「フロル」

強めの口調には不実を咎める響きがあった。しかし、彼はそのあと調子を一転させて、ほがらかに告げてくる。

「正直は美徳だよ。ほらほら、きみのその可愛い頭にしまってある考えをしゃべろうか」

「本当に、特にはなにも」

「しゃべらないと、いまここでキスするよ」

え。それは……っ。

フロルはとっさに来た方向に視線を投げた。この場所から会場にいたる窓のカーテンはひらかれていて、こちらの様子をちらちらと窺う人達もいるようだ。

「は、話します」

こんなところでそんな真似をされてしまうと、とんでもなく噂《うわさ》になる。

あわてたあまりに取りつくろうことができず、自分が考えていたとおりを晒してしまう。

「あなたが会場のご令嬢に囲まれているのを見て、なんだか寂しくなったんです。あなたは立派な魅力に溢れた方ですし、多くの人々があなたと縁続きになることを望んでおられるのではないだろうかと。僕はそれが」

「それが？」

「少し……哀しくて」

言ってしまった。フロルは唇を噛み締めてうつむいた。

「フロル」

頭の上に静かな声が落ちてくる。その響きがうつむく顔をあげさせた。

「俺は誰とも結婚しないよ」

その表情に微笑はなく、真剣なまなざしでこちらを見つめて言葉を続ける。

「きみという伴侶がいるのに、どこかの令嬢を娶《めと》りたいとは思わない」

それに、と今度は苦笑して彼が言う。

「きみは忘れてしまったかもしれないけどね。俺はいずれ辺境に住むんだよ。名家の姫に砦《とりで》暮らしは荷が重いと思うんだ」

まあ、来てくれると言ったとしても断るけれど。彼はそんなことを言う。

「それで、きみはどうするんだい」

「ぼ、僕ですか」

胸の中がいっぱいになりすぎて、考えることができない。フロルがその場に立ちすくんだままでいると、彼がまた聞いてくる。

「ウィステリア皇国の新しい伯爵様は、この宮廷で華やかに暮らしていくかい？　きみほどの美貌《びぼう》と力を備えていれば、この皇宮で無双できるよ」

そんなつもりはまったくなくて、ふるふると首を振った。

「ことにイベリス兄上はきみのことがお気に入りみたいだしね。どんな高位の貴族だって、きっときみをちやほやしてくれるだろう」

フロルはふたたび否定のしるしに頭を動かす。

「嫌なのかい？　だったら、きみはどうしたいの」

「僕は」

答えはもう決まっている。

「あなたと一緒に行きたいです。あなたのいるところが、僕のいたい場所ですから」

言ったら、摑まれていた二の腕に痛みが走った。

「本当に？」

「はい」

「もし嘘だったら」

目の前にある紫色の双眸が、凄《すさ》まじいほどの光でこの身を射抜いてくる。

「殺してしまうよ」

少し怖くて、けれどもフロルはそれをしっかりと受け止めた。

「嘘じゃないです。もしもそうなら、どうされてもかまいません」

「言ったね」

シオン皇子は姿勢を変えると、フロルの腕を離さずに大股で歩きはじめた。

「え、なにを……っ？」

「屋敷に帰るよ」


皇宮を出てから屋敷にいたる道のりは、フロルにとってはあっという間の出来事だった。

シオン皇子はこちらの腕を捉えたまま、バルコニーから会場の出口にまっすぐ向かっていくと、すぐ外で待機していたオルゾフに声をかけた。

「馬を借りるよ。出たところに用意してくれ」

そして、フロルを放り投げるようにして引き出された馬の鞍《くら》に座らせると、自分もその後ろに飛び乗って、すごい速度で駆けさせはじめた。

「あの。シオン……」

「しゃべらないで。舌を噛むよ」

猛烈ないきおいで駆ける馬の振動に、そののちは声を出すどころではなく、馬の首にしがみついているだけで精一杯。夜道をどう進んでいったのかもわからないまま、気がつけば屋敷の前に着いていた。

「おいで」

シオン皇子が手を取って、フロルを馬から降ろさせる。そのあともさっきとおなじく腕を摑んで引いてくるから、その速さに合わせることができなくて転びそうになってしまった。

「わっ」

つんのめったら、彼が姿勢を変えてきて、前のめりになっていた身体を掬いあげてくる。

そうして横向きに抱えあげると、そのまま屋敷の内へと運んだ。

「お、下ろしてください」

迎えに出てきた執事やメイド頭たちがあっけにとられて眺めているのに、彼はいっさい頓着しようとしなかった。

「いいから」

フロルの願いは聞き入れられることはなく、横抱きにされたまま彼の寝室に連れていかれる。

「……っ！」

あげく、ベッドに投げるように転がされ、弾んだ身体にすかさず彼がのしかかる。

「な、なにを」

「きみを抱くと言っただろう」

「そ、それは、そうですが」

こんなふうに猛烈ないきおいで求められるとは思わなかった。

なだめる言葉をかけようとした唇は男のそれに塞がれて、すぐに舌が入ってくる。

「ふ……ん、くぅ……っ」

呼気すらも奪い取るような激しいキスに、フロルは無意識にあらがった。けれども、押し返そうとする手首を摑まれ、寝具の上に押しつけられて、抵抗もできないままに深い口づけをむさぼられる。

「う……む、ん、んんっ」

苦しい。これでは窒息する。本能的な危機感に襲われて、フロルが渾身の力で身を捩ったら、ようやく唇を離してくれた。

「……嫌なのか」

そうではない。ただもう少しゆっくりと。そんな言葉も荒い息の下からは満足に出てこない。

「やはり、きみは」

刺すようなまなざしに命の危険を感じなかったと言ってしまえば嘘になる。けれどもこのひとを『らしくない』と咎める気にはならなかった。

先刻、このひとは名家の令嬢に囲まれていた。あのときの胸の痛みにくらべたら、いまの彼の猛々《たけだけ》しさはむしろうれしいくらいのものだ。

だからフロルは自由になっていた両手を上げて、彼の首にそれを回すと、自分のほうに引き寄せる。そうして男の頬に自分の唇を押し当てると、かすれる声でささやいた。

「シオン……大好き」

伝えたいのはやっぱりこれしかないのだった。まだ息を乱しながらも近い距離から見つめると、男の気配から凶々《まがまが》しいものが消えていく。

「きみは」

言って、彼は頭を大きく横に振った。そのあとでこちらを見てにこりと笑う。

「きっと魔獣の調教師にもなれると思うよ」

そのあとで降ってきたキスの雨と、抱擁と、やさしい愛撫は、フロルをたちまち陶酔と快感の渦の中に引きこんでいったのだった。

「さっきは乱暴にして悪かったね」

胸への愛撫を続けながら彼は言う。このときフロルはすでに衣服を脱がされていて、全裸で敷布の上にいた。

「い、いいえ……あ、うっ」

右も左も舐められ、捏《こ》ねられ、摘《つ》まれて、フロルのそこは真っ赤になってじんじんしている。

「きみがあの連中に取り囲まれているのを見たら、気がおかしくなりそうだった」

「あの連中とは……あ、うんっ」

ちゅうっと乳首を吸ってから、彼が言う。

「どいつもこいつも。父上も、兄上も、あの会場にいた男も女も全員さ」

「そ、それは叙爵の儀のためで」

ささやかに言い訳したら、まるでそれを咎めるみたいに乳首に歯を当てられる。

「は、んっ」

「きみはきみで、いままで見たことがないくらいに色っぽい顔をしていた。いつもよりも目が潤《うる》み、頬が薄《うっす》ら上気して。あの顔を他の連中に見られていると思ったら、全員の記憶を消して、きみをどこかに隠してしまいたくなった」

その気持ちがわかるかい。そう聞いてくる彼のほうこそ、その濡れた唇と情欲の翳りの浮かぶ眸とが、ものすごく艶めかしい。

「あ……」

それに気づいたら、知らず身体がかすかに震え、彼の二の腕に手をかけた。

「あれは……あなたの、せいです」

「俺の？」

胸に置いていたその手をゆっくり撫で下ろしつつ聞いてくる。

「あ、や……だって」

すっかり勃《た》ちあがっているそこを握られてフロルは喘ぐ。彼は軸を軽く擦ると、フロルの返事を待つように動きを止めた。

「う……あなたが、あんな……ことを言うから。僕は、ずっとそればかり、考えていて」

「俺に抱かれることばかり考えていた？」

男の指がふたたび動く。もうとっくに彼には弱みを知られていて、的確なその仕草にフロルは腰を振らせた。

「貴顕淑女《きけんしゅくじょ》が居並ぶあの場で、俺に服を脱がされて、こんなにいやらしい真似をされたいと思っていた？」

そんなふうに言われると、自分がものすごく浅ましい人間に思えてくる。

「い、や……っ」

「嫌じゃなくて、言ってごらん。あんなに美しく清らかな姿の裏で、早く俺にキスされて気持ちよくなりたいと思っていたって」

フロルは嫌々と首を振る。なんでこんなに意地悪をしてくるのか。自分はもっと……このひとから愛されたいのに。

「僕が……あの会場でおかしな顔をしていた、からなんですか」

なんだか哀しくなってきて、涙声になってしまう。

「あなたが、見せたくないような顔をしていて……だから、気を悪くされたのですか……」

フロルが半べそを掻いて彼を見あげれば、相手はごくっと唾を飲みこみ、それから「すまない」と言葉を落とした。

「きみは悪くない。俺が盛大な焼《や》き餅《もち》を焼いたんだ」

焼き餅を？　だったら、怒ってはいないのか。

「僕も……きっとそうなんです」

ほっとして、フロルは無防備な気持ちをつい洩らしてしまう。

「あの会場であなたはとても輝いていて、いちばん素敵に見えました。麗しい令嬢があなたと話をしたがるのも当然で……だから僕は嫉妬をして……なんの問題もなくシオンに選ばれることができる、あの美しい女性たちに」

彼はつかの間黙っていたあと、深いまなざしをこちらに向ける。

「俺が選ぶのは令嬢ではなくフロルだよ。それにあの場でもっとも麗しかったのはきみだと思うが」

微苦笑を浮かべつつ彼は言う。

「我が身についてはわからないものなのかな。きみはこれまでの環境からか、自分のことを謙遜しすぎるきらいがあるけど」

だけどいまはその話はあとにしようと彼は言う。

「フロルがどんなに綺麗なひとで、そんなきみに俺がすっかり骨抜きなのを知ってもらわなきゃならないからね」

それから甘くやさしいキスが降ってくる。左右の頬から唇に移ったそれは、すぐに深く激しくなって、フロルはみずから彼に抱きつき、強い愛情をしめしてくる口づけに溺《おぼ》れていった。

それからの彼の行為はこちらの快感をひたすら募らせていくもので、男にされるままベッドの上でフロルは喘ぎ、身悶える。

「ふあっ……あ、そこ……っ」

「痛くない？」

「ん、んっ」

うつ伏せに尻を上げた格好で、フロルはこくこくと首を振る。

つま先までじんじんするほど疼いていて、尻のあいだで男の指が動くたびに、自分の身体が気持ちいいと訴えてくる。

「ずいぶんやわらかくなってきた」

「あっ、ん、んんっ」

彼の指が感じるところをかすめるたびに、腰がかくかくと上下する。フロルの軸も赤くなって反り返り、先から滴《しずく》を垂らしていた。

「あ、シ、シオン……ッ、も、達きたい……っ」

言わないと彼に達かせてもらえないのは、いままでの経験で学習済みだ。恥ずかしいけれど、こらえきれずに訴えたのに、相手はすげなく却下する。

「もうちょっと我慢だよ。いま達けば、ここが閉じてしまうからね」

「で、でもっ」

「まだ三本だ。すぐに入れると、きみに痛い思いをさせる」

だからいまはこらえてくれと彼が言う。

「じゃあ……だったら、あなたのほうを……」

向かせてください。声にはならず男に頼む。それでも相手はわかったようで、ゆっくりとそこから指を引き抜いていく。

「あ……あ、ああっ」

身体の内側から硬いものがずるりと抜けていく感触に、フロルは喘いで身を震わせる。股のあいだも、その内奥も、彼が濡らして塗りつけているもので、すでにべたべたになっていた。

「シオン……」

「うん。こっち。ああ、そうやって……いい子だね」

両脚をひらかされ、男の身体を挟みこむこの格好は、きまりが悪くて居たたまれない気持ちになるが、それでもこのひとに抱きつけるから満足だった。

自分から腕を伸ばして上体を浮かせ気味にしがみつけば、彼も背中に手を回し、この姿勢を支えてくれる。

「フロル、入れるよ」

「は、はい……あ、う、んんっ」

指がまた入ってくる。ばかりか、その中で指をばらばらに動かされ、自分を内部から拡《ひろ》げられる感覚に、抑えきれない声がこぼれる。

「あんっ、あ、ああっ、や、うんっ」

彼のシャツの肩口を摑んで懸命に耐えていると、そのうちなんだかおかしな気分になってきた。

「あ……シオン……も、もっと」

もう充分に自分の内側はいっぱいになっているのに、どうして物足りない気持ちがするのか。知らず彼にねだるような声音になって、恥ずかしいけれど止められない。

「おね、お願いっ……」

「俺をもっと感じたい？」

「は……はいっ」

「まだちょっとつらいかもしれないけれど、それでもいいかい」

「はい……ほし、あなたが欲しい……っ」

いい子だね、と彼が頬にやさしいキスを落としてくる。

「じゃあ、いったん抜くよ」

言うと、彼がフロルの中から指を抜く。

「あう」

なんともいえない感覚に震えたけれど、次が欲しくてのけぞりながら必死にこらえる。

「正面から入れていいかな」

両膝を掬いあげ、あらためて内腿《うちもも》をひらかせながら彼が問う。すぐには言葉が出せないままにうなずくと、彼がフロルの身体を引き寄せ、上から身を倒してきた。

「あ……あ、ああっ」

指よりもずっと大きくて硬いものが自分のそこに当てられる。

「力を抜いて」

「は、はぃ……っ、あっ、あ」

熱く滾《たぎ》る男の欲望が、おのれの内奥に押し入ってくる。きつくて、苦しくて……なのに、なぜなのかあるべきものがすべて収まった気持ちになるのが不思議だった。

「うあ……あ、っ」

とはいえ、心情はそうだとしても、不慣れな身体は自分の思うままにはならない。

とにかくそこがきつきつで、息をするのもむずかしいのだ。知らず身体が強張っていたのだろうか、彼がこちらの頬を撫でつつささやいてくる。

「ゆっくりと息をして。大丈夫。すぐには動かさないでいるからね」

「う、動かす……?」

これ以上、まだなにかあるのだろうか。

とにかくもうなにもかもがいっぱいいっぱいになっていて、頭が少しも回っていない。ただ、このひとをちゃんと受け容れられたことだけはうれしかった。

「これで……いい?」

彼が悦くなってくれればいい。自分の身体はやわらかい女のものとは違うけれど、それでも少しでも快感を得てもらえれば満足だった。

「すごくいいよ」

なんだか妙な声音だった。泣きそうと形容するのは違うけれど、そういう響きに近いような。

「ようやくきみとひとつになったね」

真摯な眸、こちらを慈《いつく》しむまなざしだった。

それでフロルは気がついた。

ああ……このひとは、女がどうだとか身体の快楽がどうだとかは関係ないのだ。

「シオン……僕、うれしいです……っ」

自分もそうだ。このひとと結ばれて、心の底から感動している。

これは、このひととでなければ得られない情感だった。

「俺もだよ」

言って、彼が少しだけ腰を動かす。

「あっ、ん」

「まだきつい？」

「いえ……いいえ……動いて、シオン」

本当はまだちょっと苦しいけれど、彼のことばかりではなく自分もそれを望んでいる。

「痛かったら言うんだよ」

その気持ちが伝わったのか、彼が頬にキスをしてから軽く腰を動かした。

「あ……っ」

「苦しい？」

「ん、ふ……っ」

「もうちょっと頑張れる？」

彼がこちらの様子を見ながら、少しずつ動きの幅を大きくしてくる。

ゆっくりと、フロルのほうを気遣いながらのその行為。無茶な真似はされないと気がついて最初はほっとしていたけれど、なぜだか途中から妙にもどかしさをおぼえてしまう。物足りないわけでは決してない。そうではないけれど……なんとなく……。

遠慮がちな男の仕草にこちらからも思わず腰をくねらせると、彼がふっと笑みを浮かべる。

「悦くなってきた？」

だったらと、少し強めに突き入れられて、それにもしっかり感じてしまった。

「あ、うぁんっ」

「まだいけそうだね」

「はう、あ、うんんっ」

こちらの反応を様子見しながら、彼が的確に行為を進める。いまよりもっと大きく強く。

フロルの柔壁《やわひだ》が男のもので感じるように。

フロルは次第にこの行為に飲みこまれ、立て続けの快感に喘いで身悶えるばかりになった。

「あう、あ、うんん……っ」

「これはどう？」

「は。うぁんっ」

男の硬く大きなものが、自分の内側のどこかを擦った。とたん、身体がびくんと戦慄《わなな》く。

「あぁここか」

彼が言って、今度はそこばかり狙って擦る。感じるところを抉《えぐ》るようなその動きは、いまだ知らない快楽をフロルに与えた。

「あ、やっ、そこ……だめぇっ」

感じすぎておかしくなる。もうやめて。達ってしまう。そんなことをかすれる声で切れ切れに訴えると、彼がものすごく色っぽい顔で微笑む。

「そうだね。お互いにここで一度達っておこうか」

一度、とは。そんな疑問が脳裏を一瞬かすめたけれど、彼に腰を摑まれて、大きな動きで突き入れられれば、そうした思いは簡単に消えてしまった。

「あっ、は、うっ」

「達っていいよ。俺も達くから」

言って、彼が抉る動きを激しくし、同時にフロルのしるしを握って擦りはじめる。

「や、そんな……あぁっ」

敏感になりきっている柔襞にとどめのような強い摩擦と、刺激に弱い性器への攻め、それをいっぺんにされたらもう駄目だった。

押し寄せる快感に、フロルはつま先を縮ませて耐えたけれど、それ以上はこらえきれない。あえかな叫びを洩らしつつしとどに濡れている性器の先から愛液を放ってしまう。

「あ、あああ……っ」

刹那《せつな》に力がぎゅっと入り、それが彼を包んでいるあの箇所にも伝わった。

思いの外に男のそれを締めつけたのか、彼が一瞬息を詰める。

「っ、フロル」

苦しげに洩らす息。それから強く抱き締められる。

そしてその直後、彼の身体がぶるっと震え、フロルの中に熱いものが広がった。

「ああっ……シオン……ッ」

自分の深部に放たれたその熱にも感じてしまい、フロルは自身の性器から得た快感とはまた違う悦楽に浸される。

押し寄せるその波に翻弄されて、フロルは彼にすがりつきつつ、つかの間意識を飛ばしてしまった。

そして、どのくらい経った頃か。長いような気もしたが、さほどの時間ではなかったのかもしれなかった。ふっと意識が戻ってくれば、自分は仰向《あおむ》けに横たわり、ベッドの中にいるようだ。視線を変えると、こちらを見ているまなざしとぶつかって、フロルはあわてて起きようとした。

「ああ、そのままで」

少しばかり黒髪を乱した彼がこちらの動作を手で止める。

「急に動くと目眩がするよ」

そうなのかと思うけれど、自分だけが裸でいるのはきまりが悪い。掛け布はどこだろうかと目線で探せば、隣の男が甘い声音で言ってくる。

「もう寝たい？」

「それは……その」

本格的に眠りたいわけではないが、裸のままなのも気恥ずかしい。

このひとはさっきとおなじく前をひらいたシャツと、ズボンを身に着けた格好でいるのだから。

「あのう……着替えをしてもかまいませんか」

控えめにお伺いを立ててみたら、やさしいはずの恋人は「かまうよ」とすげなく求めを退ける。

「どうしても着たいならいいけれど、どうせすぐに脱ぐんだし」

「……はい？」

彼はにっこりと笑いながら、以前に交わされた会話の要点を示してくる。

「お互いにここで一度達っておこう。あのときに俺はそう言ったよね」

と、いうことは。このあとの展開を悟ったフロルは、ベッドの中であわあわと身を捩って逃げようとする。それを許さず、彼がフロルの腰を抱いて自分に引き寄せ、

「初めてのきみはすごく可愛かった。まだ朝には遠いし、せっかくだからもうちょっと、ね」

なにがせっかくでもうちょっとなのだろうか。

いや別に嫌なわけでは決してないが、続きは明日とか明後日《あさって》とかでもいいのでは。

「フロル」

チュッと額《ひたい》にキスされて、麗しの皇子様に問いかけられる。

「ねえ、駄目かい」

紫色の宝石にも似たその眸の美しさ。こんなひとから誘惑されれば、自分なんて簡単に落ちてしまう。

「駄目……じゃない、です」

「ありがとう」

言うなりうなじにキスしてくるから、フロルは無意識の仕草でのけぞる。

「ん。やっぱり、嫌なのかな」

ああ、残念がらせてしまった。しょげた様子の彼を見て、後悔にも似た想いが募る。

さっきはついあわてたけれど、正直な気持ちでは……自分だってそうしてほしい。

でも、しかし。ひとつだけはと頼みごとをさせていただく。

「その。お願いがあるんですが」

「うん。なに」

「えっと。服を脱いでくれませんか」

自分だけ全裸なのはかなり居心地が悪いのだ。ためらいがちに聞いてみたら、彼はあっさりうなずいて、身に着けていたものを思い切りよく脱いでいく。

「これでいいかい」

すべての衣服をベッドの下に落としてから彼が振り向く。

「わ……」

フロルは思わず息を飲んだ。この麗しの皇子様はいつもはすらりとして見えたけれど、さすがに騎士団長なだけあって、鍛え抜かれた肉体は途方もなく格好いい。

「どうしたの」

甘い笑顔と、男らしい体形と。その差異にやられてしまって、四肢をついた姿勢から遠慮も忘れてしげしげと彼を眺める。

「……すごい」

抱き締められた経験からそうじゃないかと思っていたが、やっぱり生で見るのとはまるきり違う。

凜々しくも逞《たくま》しい彼の体軀を同性として純粋に憧れる気持ちでいたら、苦笑交じりの声が上から聞こえてきた。

「鑑賞会は済んだかい」

それから両腕で抱えこまれ、ふたりして敷布の上に横倒しになる。

「わ、っ」

「それじゃ、こちらもきみをじっくり鑑賞させてもらおうか」

「えと、それって」

「二回目開始。あと、今晩はそれで終わりじゃないからね」

「えっ、あ……や、あ、んんっ」

ふたたびキスされ、いけないところを揉みしだかれて、フロルはたちまち彼のあたえる愉悦の波に押し流される。

「なにしろきみは鑑賞し甲斐があるからね。さっきのお返しに隅々まで見てあげるよ」

「え、そんな」

待ってと言う暇もなく、深いキスに見舞われる。

「ん……っ、ふ、う……っ」

舌を奥まで差し入れる激しい口づけをほどこしながら、彼の手はこちらの弱いところばかりに触れてくる。

硬くなった左右の乳首は指で摘まんで揉まれるだけで、フロルの下腹に響くような鋭い快感をあたえてくるし、さっき一度達ったのに、男の手でいじられているこの軸はまたも次の絶頂に備えはじめて角度をつける。

それに、男を受け容れたあの箇所も。指で入り口を揉まれるだけで、なにかを期待するかのように腰が自然と揺れてしまう。

「気持ちいい？」

「あ……いい、です……っ、すごく、いい……っ」

フロルは息を切らしながら、この魅惑の皇子様が限りなく浴びせかける快感の飛沫《しぶき》に全身を濡らしていく。

「シオン……好き……大好き……っ」

もうこれしか伝えられる言葉はなく、フロルは終わりのない悦楽の奔流に呑まれていった。

フロルがこの国で爵位を得て一カ月。ザナンのいる施療院への帰参は叶わなかったけれど、フロルは今後伯爵として、皇都オルバーンの住民たちの生活向上を目指す予定だ。

手始めに井戸の浄化と下水道の整備など住民の健康を支える環境をととのえていく。

本当は治癒師の養成講座にも講師として出席したいと思ったのだが、そちらはあいにくシオン皇子の許しを得ることはできなかった。

というのも、フロルの恋人はこちらが予想していた以上に嫉妬心が強かったのだ。

――講師の仕事なんかに就いたら、きみ目当ての生徒が大量に押しかけてくるだろう。俺としてはきみにむやみに近づくやつは、たとえ雄犬でも排除する気でいるんだが。

そんな言葉を真顔で聞かされ、若干引き気味になったのは彼には内緒だ。

それでもこうして外の仕事もさせてくれるし、回復薬作りのほうも許しを得て再開している。

「フロル様。そろそろお召し替えをなさいませんと。旦那様はお夕食をこちらで摂られるそうですから」

「そうでしたね。お願いします」

この屋敷に住むのも以前と相変わらずで、フロルはここでオルゾフが材料を運んでくれる薬作りの仕事をしながら彼の帰りを待つ日々だ。

じつはこのあいだ、皇太子殿下のご厚情で皇宮内に一室を賜ったのだが、そちらのほうには顔を出さないままでいる。

――宮廷の連中から部屋を賜るのは栄誉の極みと言われても出ていかないこと。イベリス兄上の魂胆《こんたん》は、きみの顔を見たいのと、俺をからかうためだから。

憤然と述べてくるシオン皇子の言葉を待つまでもなく、こちらも宮廷のいざこざに巻きこまれるのは切《せつ》に避けたい。

自分はここがいい。この屋敷で恋人とおだやかに暮らしていければ、ほかに望むものはない。

だから、今夜も彼と一緒に過ごせる時間が待ち遠しくて、フロルは弾む気持ちのままに晩《ばん》餐《さん》用の衣装に着替える。

「あ。シャツは自分で着ますから」

鎖骨付近や、胸のあちこちに散っているキスの痕をはばかってそう言った。

初めて結ばれたあの夜から、フロルは毎晩彼と愛し合っている。それも一度や二度ではないから、体力に差のあるこちらはいまも腰が重だるい。

なにしろ初夜には気絶するまでむさぼられ、そののちの交わりでも意識が飛びかけるまで離してくれない。

それでも……フロルは彼に抱かれると気持ちがいいし、安心できて好きなのだ。

「旦那様のお帰りです」

着替えが済んでしばらくすると、メイド頭が知らせにきたから、フロルは急いで部屋を出て階下に行った。

「おかえりなさい、シオン」

扉から入ってきた黒衣の男にそう言うと、彼はその麗しい面《おもて》をよろこびに輝かせて近寄ってくる。

「ただいま、フロル」

そうして抱き締めて熱いキス。玄関ホールで、つかの間の別れもつらかったといわんばかりにいだき合うふたりの姿を、この屋敷の人達はいつものごとく見ても見ないふりをしてくれたのだった。

あとがき

はじめまして。こんにちは。今城けいです。

このたびは「悪役神子だけど皇子の寵愛ルートです」をご覧くださりありがとうございます。

このお話は前作に引き続き、転生前の記憶持ちの受けが登場いたします。神子といっても聖職者ではなく、元の身分は伯爵令息。悪役ゆえにちょっとばかり皮肉が込められた名称でした。

そして、そのお相手の攻めなのですが、今回はこれまでのお話に出てきたような『後方腕組み彼氏』とは少し違い、かなり積極的なアプローチをいたします。

麗しい容姿を持ち、色気もある黒髪の皇子様。いわゆるプリンス・チャーミングというやつです。この男に迫られて、おたおたする受けちゃんは、書いていてとても楽しかったです。

楽しいといえば、今作でも馬に乗って駆けるシーンが折々にあるのですが、私はどうやらその描写が好きみたいです。書いていて、自分も躍動感といいますか、爽快感をおぼえます。

いつか本物の馬に乗ってみたいなあ、と思ったりして。
まあ、手綱つきのポニーからになるのでしょうが、機会があればぜひ実現したいです。

この作品を上梓させていただくにあたり、挿画をお描きくださいました金ひかる様、また担当編集者様をはじめとして、たくさんの方々に大変お世話になりました。
関係各所の皆々様には毎回本当に感謝するばかりです。
心からのお礼を申しあげます。ありがとうございました。

そしてもちろん読者様にも。周囲の情勢がさまざまに揺れ動き、ときに厳しさを増す昨今。このお話がひとときでも読者様の気晴らしになりますよう。そう願ってやみません。

さて、こうしてあとがきまでおつきあいくださり、誠にありがとうございました。
皆様の毎日がさらに実り多く、ますます楽しい事柄に満たされますよう。

それではまた。綺麗な花の咲く季節、感謝でいっぱいの今城でした。

✦初出　悪役神子だけど皇子の寵愛ルートです…………書き下ろし

今城けい先生、金ひかる先生へのお便り、本作品に関するご意見、ご感想などは
〒151-0051 東京都渋谷区千駄ヶ谷 4-9-7
幻冬舎コミックス　ルチル文庫「悪役神子だけど皇子の寵愛ルートです」係まで。

幻冬舎ルチル文庫

悪役神子だけど皇子の寵愛ルートです

2023年4月20日　　第1刷発行

✦著者	今城けい　いまじょう けい
✦発行人	石原正康
✦発行元	株式会社 幻冬舎コミックス 〒151-0051 東京都渋谷区千駄ヶ谷 4-9-7 電話 03(5411)6431［編集］
✦発売元	株式会社 幻冬舎 〒151-0051 東京都渋谷区千駄ヶ谷 4-9-7 電話 03(5411)6222［営業］ 振替 00120-8-767643
✦印刷・製本所	中央精版印刷株式会社

✦検印廃止

ISBN978-4-344-85221-1　C0193　Printed in Japan